Début d'une série de documents
en couleur

COUVERTURES SUPERIEURE ET INFERIEURE D'IMPRIMEUR

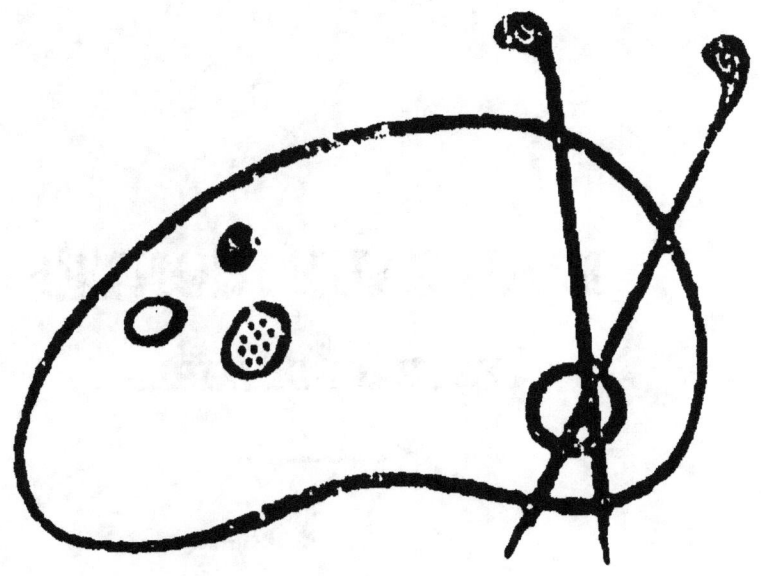

Fin d'une série de documents
en couleur

NOUVEAUX CONTES

EXTRAORDINAIRES

1re SÉRIE IN-12.

La Panthère.

BÉNÉDICT H. RÉVOIL

NOUVEAUX
CONTES
EXTRAORDINAIRES

LIMOGES
EUGÈNE ARDANT ET Cie, ÉDITEURS.

NOUVEAUX CONTES

EXTRAORDINAIRES

Un tête-à-tête avec une Panthère.

Je remontais un jour le Mississipi au-dessus de sa jonction avec l'Ohio, et je trouvai la navigation interrompue par les glaces. Cette congélation inattendue me contrariait fort, mais je n'avais d'autre parti à prendre que celui de prier mon batelier, un Canadien très-expérimenté, de me conduire dans quelque village riverain pour y attendre la débâcle.

Ce brave homme m'amena dans un petit endroit, nommé le *Tawapatee Bottom*, où le Mississipi décrivait une grande courbe. Les eaux étaient fort basses, le froid excessif, et de toutes parts la neige couvrait le sol.

Le premier soin de mon Canadien fut de préserver son embarcation des atteintes des blocs de glace. Il alla couper des troncs d'arbres dans la forêt voisine, qu'il amoncela les uns après les autres autour du bateau, de façon à le préserver de la pression des glaces flottantes.

Cela fait, nous nous établîmes dans une masure, louée par un des habitants du village pour quelques dollars, et après en avoir soigneusement bouché les fissures, nous pûmes y allumer un excellent feu pour réchauffer nos membres engourdis.

Mais comme le séjour dans une cabane enfumée n'avait rien de bien gai, et que nous n'étions pas assez ours pour dormir engourdis dans cette tanière, nous songeâmes à occuper nos loisirs à la chasse.

Les bois du voisinage étaient remplis de gibier : les cerfs, les opossums, les raccoons et les dindons sauvages se trouvaient à portée de fusil et venaient rôder jusque devant notre porte. Sur les glaçons de la rive voisine, opposée à celle où nous nous trouvions, s'étaient abattues des troupes de cygnes ; et les coyottes affamés nous donnaient le spectacle d'un affût toujours déjoué par la gent empennée, aussi fine — pour ne pas dire plus — que ses ennemis à robe poilue.

Rien n'était plus curieux que de voir ces oiseaux, aux plumes immaculées, accroupis sur la glace, mais attentifs au moindre mouvement de leurs insidieux ennemis. Un coyotte faisait-il mine d'approcher, fût-ce même à cent mètres, aussitôt la « trompette » d'un cygne retentissait et on voyait toute la bande ailée se dresser et produire, en courant sur la glace, un bruit qui ressemblait fort au roulement du tonnerre. Et tout à coup ils s'envolaient d'un commun accord, laissant sur la terre ou la glace les coyottes désappointés et réduits à chercher un tout autre moyen pour déjeuner ou dîner.

Les nuits étaient excessivement froides et nous entretenions, mon Canadien et moi, un excellent feu, car le bois ne manquait pas; vert ou mort, peu importait, pourvu qu'il brulât, et quand nous étions rentrés le soir, rapportant de nos excursions cynégétiques force gibier, nous n'avions qu'à choisir, à notre goût, du poil ou de la plume, pour rassasier notre appétit formidable.

Le poisson figurait également dans le

menu de nos repas. En faisant des trous dans
la glace, mon batelier se procurait, avec des
lignes de fond, de très-belles anguilles, du
saumon et des *hallibuts*, sorte de brème de
rivière qui remonte le Mississipi jusqu'à sa
source.

Une seule chose, indispensable pour un
Européen, manquait à notre confortable
existence : c'était du pain. Si nous avions eu
de la farine, rien n'eût été plus facile que de
pétrir et de faire des *fougasses* qui eussent
été les bienvenues. Mon Canadien — qui
était homme de ressources — me laissa un
matin pour se rendre à quelques milles dans
les terres où il savait trouver un boulanger.
Il revint, en effet, le lendemain, rapportant
du pain frais et un demi-baril de pure *primed
flour* qui nous servit à confectionner des
pâtés pour varier notre ordinaire.

Nous étions ainsi campés, depuis cinq
semaines ; les eaux avaient toujours continué
à baisser, et, couchée sur le côté, notre embarcation était complètement à sec. Sur les
deux rives du Mississipi, les glaçons amon-
celés formaient de véritables murailles.

Chaque nuit, le Canadien ne dormait que
d'un œil et allait d'heure en heure s'assurer

de l'état des choses. Vers cinq heures du matin, certain dimanche, il se leva tout à coup en s'écriant :

— La débâcle ! sir, la débâcle ! Au bateau ! Prenez vite votre hache pour me donner un coup de main, ou la barque est perdue.

Nous courûmes immédiatement sur la rive. En effet, la glace se brisait de toutes parts avec un fracas pareil à celui des mitrailleuses. Les eaux s'étaient subitement élevées, eu égard au débordement du Mississipi gonflé par l'Ohio, et les deux courants d'eau se heurtaient avec fureur.

Des blocs congelés se détachaient par larges bandes, se dressaient, retombaient avec un épouvantable fracas. Ce qui était curieux à constater, c'est que la température, la veille à 9 degrés au-dessous de zéro, était remontée à 7 degrés et amenait le vent et la pluie. L'eau « jisclait » à travers toutes les fissures de la glace, et quand le jour parut, lorsqu'il nous fut possible de nous rendre compte de la situation, le spectacle nous parut à la fois redoutable et grandiose. La masse des eaux était violemment agitée : les glaces, brisées en millions de blocs, flottaient sur le courant liquide ; et l'homme le plus hardi ne

se fût certes pas risqué sur ces morceaux
ballottés par les vagues.

A grands coups de hache, les troncs d'arbres, qui avaient préservé l'embarcation
contre la congélation, se détachèrent et s'en
allèrent à vau-l'eau ; et bientôt notre embarcation se retrouva à flot et put se mettre en
mouvement.

Tou. à coup un horrible craquement nous
fit tressaillir : la digue, formée en amont par
la glace, céda et le courant du Mississipi
reprit son cours ordinaire. En moins de
quatre heures, la débâcle avait été complète.

Le soir même, nous étions en route, emportés par notre embarcation que le Canadien
avait grand'peine à diriger. Nous avançâmes
ainsi pendant toute la nuit, éclairés par un
admirable clair de lune qui nous permettait
de nous diriger à travers les méandres du
fleuve débordé.

Un matin, tandis que mon batelier dormait pour prendre quelque repos, un choc
épouvantable me renversa au fond de l'embarcation qui venait de toucher sur un
chicot (1). Le Canadien se releva d'un bond
et vint se placer près de moi.

(1) Un « chicot » est une épave formée d'un tronc
d'arbre (terme américain).

— Qu'est-ce? me demanda-t-il.

— Ma foi, je l'ignore! L'essentiel, c'est qu'une voie d'eau ne se déclare pas, car nous sommes en plein fleuve et il n'y aurait pas moyen de nous tirer d'affaire.

Le bateau était devenu immobile : nous n'avancions plus. Il était enchevêtré dans les racines d'un de ces arbres géants qui voyagent la tête en bas dans le « père des eaux. »

Notre matinée et la plus grande partie de l'après-midi se passèrent à renouveler de vains efforts pour dégager notre demeure flottante. Il était dangereux de passer ainsi la nuit qui allait venir au milieu des glaces flottantes. Il fallait atterrir coûte que coûte.

Il était cinq heures du soir, l'obscurité se faisait et je demandai à mon batelier quel était son avis.

— Etes-vous bon nageur? me dit-il.

— Ma foi ! je ne suis pas de première force, mais je pourrai aller pendant un mille, à moins que le froid ne me saisisse.

— Il n'y a pas à hésiter. Il faut nous diriger vers la rive gauche du fleuve. Nous allons accrocher au passage une bille de bois semblable à celle que vous voyez flotter çà et là. Vous en prendrez une, moi l'autre, et

nous voyagerons vers la terre ferme. J'aper-
çois là-bas un village : nous irons nous y
réchauffer et faire sécher nos habits. Buvons
un bon verre d'eau-de-vie, et en route !

Ce qui fut dit fut fait. Dès que nous nous
fûmes procuré une bille de bois, nous nous
« affalâmes » dans le Mississipi, en nous
recommandant à la Providence.

La première impulsion fut terrible : le froid
me glaçait jusqu'à la moelle des os; mais
peu à peu, grâce à la bonne gorgée de
brandy que j'avais avalée, la chaleur animale
revint, et je regardai à droite et à gauche
où avait passé mon Canadien. Il avait disparu. Je le hélai. Il ne répondit pas.

Mon anxiété était fort grande. Je m'aperçus
que ma pile de bois s'en allait à la dérive et
je me mis à cheval sur ce tronc d'arbre, ce
qui n'empêchait pas que j'avais de l'eau
jusqu'à la ceinture. Le poids de mon corps,
placé à l'extrémité de l'arbre-épave, le faisait
pencher en bas, et je me disposais à m'avancer vers le milieu lorsque je vis, d'une façon
vague, une forme mouvante à l'autre bout.
Etait-ce mon batelier? Je l'appelai, il ne me
répondit pas. Peu à peu mes yeux se firent à
l'obscurité, et je compris que j'avais une bête

pour compagnon de navigation fluviale.

Une éclaircie de lune me fit voir un double éclat fulgurant, celui des yeux de la bête. C'était une panthère de très-forte taille qui me faisait vis-à-vis. Je n'osais faire le moindre mouvement, dans la crainte d'exciter la colère de cette « vermine. » Quoique armé de mon *bowie-knife*, ce grand coutelas, dont se servent tous les Américains trappeurs ou pionniers, je me sentais disposé à ne rien dire, à ne rien faire tant qu'on ne m'attaquerait pas.

Nous voguâmes ainsi pendant une heure interminable, sans, ni l'un ni l'autre — la bête ou l'homme — songer à remuer. On eût dit que nous jouions à la balançoire, et ce mouvement d'oscillation n'avait rien de très-récréatif. Comme je savais que le regard humain a le plus grand pouvoir sur la bête féroce, mes yeux ne la quittaient point.

J'en étais à me demander comment se terminerait ce dangereux tête-à-tête, lorsque je m'aperçus que nous approchions d'une île envahie par l'inondation; et l'on voyait les branches des arbres et les rochers à la surface du Mississipi. Je pris la résolution d'aborder dès que ce serait possible et de

laisser la panthère continuer sans moi ce
voyage aquatique.

A un moment donné, le tronc d'arbre sur
lequel je me cramponnais passa à trois mètres d'une roche plate ; et je dégageai ma
main et me laissai aller à l'eau. Au même
instant, j'entendis un bruit qui ressemblait
à une chute. Jetant les yeux du côté d'où
venait ce son, je découvris à une portée de
la main la panthère qui s'avançait vers l'endroit où je voulais aborder.

Je crus d'abord qu'elle allait m'attaquer et
je jurai de me défendre. Il n'en était rien :
elle aborda la première, mais je la vis s'ac-
croupir à l'angle de cet îlot, large à peine
d'une dizaine de mètres.

Je me hissai à mon tour sur le rocher et
je regardai avec précaution autour de moi.

Fait bizarre à consigner ! Nous nous trouvions sur une des îles du Mississipi, et
plusieurs mamelons de ce pic elevé étaient
couverts d'animaux de toute sorte qui avaient
fui l'envahissement de l'eau en gravissant
peu à peu les hauteurs. Quatre daims, un
dix-cors et trois biches, un ours noir, un
chat sauvage, deux raccoons, un opossum,
deux coyottes à poil argenté et une fouine

musquée qui empestait le voisinage : telle
était la « société » au milieu de laquelle je
me trouvais. Mon étonnement fut extrême
en apercevant la réunion inattendue de toutes
ces créatures; mais ce qui redoubla ma
stupéfaction, ce fut de voir la façon dont
tout ce « monde-là » se comportait vis-à-vis
les uns des autres. Aucun ne semblait faire
attention à ses voisins.

L'aube nous surprit tous dans cette position hétéroclite. Notre arche de Noé ne
manifesta pas la moindre velléité de guerre
civile, d'hostilités réciproques. Tous étaient
matés, comme je l'étais moi-même : nous
souffrions de la faim particulièrement, mais
nous demeurions immobiles. J'eusse volontiers découpé un *steak* dans le filet de l'un
des cerfs; mais pouvais-je faire une infraction
à la paix générale et amener la rupture du
statu quo de paix?

La journée se passa dans ces transes
morales et physiques, et la nuit vint :
nuit terrible, car je souffrais plus qu'on ne
peut se l'imaginer des tortures de la faim.

Le lendemain, je m'aperçus que les eaux
baissaient et que les glaçons cessaient d'a-
grémenter la surface du Mississipi. A l'aide

de mon *bowie-knife*, je coupai un faisceau
de cannes que je liai solidement avec des
osiers, et quand je fus convaincu que ce
radeau improvisé me porterait suffisamment
pour pouvoir atteindre, en nageant avec les
pieds, la rive la plus prochaine, je me laissai
couler à l'eau.

Il était temps. L'espace sur lequel les animaux et moi avions séjourné pendant vingt-
quatre heures avait augmenté.

La panthère, le chat sauvage, avaient
retrouvé leur instinct et s'étaient rués sur
une biche qu'ils dévoraient à belles dents.
J'avais quitté fort à propos mon refuge.

La traversée du fleuve fut assez heureuse :
j'abordai à cent mètres d'une maison, sur le
seuil de laquelle se tenait une bonne vieille
femme qui regardait jouer deux enfants
confiés à sa garde.

— Jésus ! s'écria-t-elle, d'où venez-vous
ainsi, étranger?

— De l'eau, comme vous le voyez.

— Seriez-vous le camarade du Canadien
que mon fils a sauvé de la mort il y a deux
jours?

— Le Canadien est sain et sauf ! lui dis-je.
Ah ! Dieu soit loué ! je le croyais noyé.

— Il a failli l'être, mais nous l'avons frictionné à temps et ramené à la vie. En ce moment, il est allé avec mon fils et mes deux neveux à votre recherche, étranger.

La brave femme m'expliqua en détail comment le sauvetage de mon batelier avait été opéré. Pendant ce temps-là, je changeais de vêtements et je dévorais quelque nourriture que m'avait offerte la bonne et hospitalière vieille.

Puis je demandai à dormir et j'allai m'étendre sur un sac rempli de paille, devant le foyer de la cheminée.

Quand je me réveillai, le Canadien et mes hôtes étaient près de moi.

Comme je bénis la Providence qui m'avait tiré d'un aussi grand danger!

———

Le Garrotte.

(SCÈNES DE MŒURS MEXICAINES)

En 1847, à l'époque où les Etats-Unis déclarèrent la guerre à leurs voisins du Mexique, je fus envoyé, en qualité de reporter, à la suite des armées américaines, pour rendre compte de l'expédition des généraux Taylor et Scott, expédition combinée qui devait prendre l'ennemi des deux côtés à la fois, pour mieux venir à bout des troupes du président Santa-Anna.

Les chefs de notre corps avaient traversé le Rio-Grande et, descendant à travers les *cerros*, les *ouelles* et les *canons* du pays, étaient arrivés en vue du lac de Texicoco, près de la laguna d'Ayalla. A notre droite, l'*Ixtaccihualt* (la Femme de neige) nous éblouissait par l'éclat de sa réverbération, quoique le pic fût à quatre lieues de nous, et pourtant, grâce à la pureté de l'atmosphère, on eût dit qu'on pouvait le toucher de la main.

Nous apercevions également, sur la même ligne, le *Popocatepelt*, la plus haute cime du Mexique et le volcan le plus élégant du globe, élevant à près de dix-huit mille pieds sa tête orgueilleuse.

Au bas de ces deux rois de la Cordillère, s'étendait la magnifique plaine d'Amecameca, semée de vertes moissons, et çà et là surgissaient, rompant la monotonie des lignes, ces pitons extraordinaires, produits volcaniques à la tête couronnée de sapins, isolés dans la plaine de Mexico.

Devant nous s'étendait le *Penon*, la grande chaussée qu'il faut traverser pour arriver à Mexico, dont les murailles blanchissaient au soleil, dont les dômes étincelaient à nos yeux.

Au-dessus, par-delà la cité, nos regards se perdaient sur les coteaux, où s'épanouissaient San-Agostino, San-Angel et Tucubaya. Un peu plus sur la gauche, le clocher de *Nuestra senora de la Guadelupe* se détachait sur le fond noir de la montagne. Un panorama splendide, un miroitement incroyable, une richesse de lignes inouïes, et, par-dessus nos têtes, un soleil éclatant, jetant à profusion des teintes à désespérer un peintre... En un mot, c'était une débauche de couleurs qui éblouissait l'œil et ravissait l'âme. Ajoutez à cela que nous étions arrivés et que la paix était signée de la veille.

La nuit survint et bientôt l'on n'entendit plus dans notre camp que les pas des sentinelles qui, de temps à autre, poussaient leur cri de ralliement : *Who's there? — Friend! — All right!*

Le lendemain de ce jour mémorable, — le

27 août 1847, — le soleil se leva radieux comme la veille, et l'armée se mit en marche pour faire son entrée à Mexico.

Mais, hélas! nous descendions, et nos illusions de la veille disparaissaient les unes après les autres; les couleurs s'effaçaient, le mirage s'évanouissait.

Au lieu de la plaine fertile, des lacs délicieux, chargés de *chinampas* fleuris (îles flottantes), nous traversions une plaine brûlée et stérile : le paysage devenait morne et triste. A chaque pas en avant, la féerie disparaissait. Le lac lui-même n'était qu'un marais fangeux, aux exhalaisons fétides, couvert de myriades de mouches empoisonnées.

Bref, l'entrée de Mexico n'était que celle d'un bouge, et rien ne nous faisait présager la grande ville. Les rues sales, les maisons basses, le peuple déguenillé, tout nous désenchantait au fur et à mesure que nous pénétrions dans Mexico.

Toutefois, lorsque nous débouchâmes sur la place d'Armes, bordée d'un côté par le palais du gouvernement, de l'autre par la cathédrale, nous devinâmes une capitale.

Notre premier soin, à mon camarade de lit

et à moi, — quand il nous fut possible de
sortir des rangs et de jouir de notre liberté,
— fut de nous rendre à l'ancien palais
d'Iturbide (1) qui fut empereur du Mexique
avant la fondation de la République, et, plus
tard l'avénement de Maximilien. Ce palais,
devenu un hôtel-caravansérail, abrite les
voyageurs sous ses lambris dorés.

Le lendemain, Thibald (c'était le nom de
mon ami) et moi, nous avions fait toilette et
nous allions prendre les ordres de l'état-major
du général Scott.

Quoique la paix fût faite, nos chefs redoutaient quelque coup de Jarnac dans le genre
des Vêpres siciliennes. Les Mexicains, passaient et passent encore avec juste raison
pour une nation traîtresse et de mauvaise
foi : il fallait donc prendre toutes ses précautions pour ne point risquer la vie des officiers
et des soldats.

Ceux-ci étaient consignés dans les divers
campements où ils avaient trouvé l'abri et

(1) Un des fils de l'empereur Iturbide est mort il
y a deux ans à Paris. Il vait longtemps tenu une
taverne de marchand de vin à Courbevoie, et l'on
voyait dans cet établissement le descendant des
Incas offrir à boire et a manger à ses consommateurs, sans vergogne pour le nom qu'il portait.

le confortable. Lorsqu'ils sortaient de ces casernes, c'était toujours par escouades de dix.

Quant aux officiers, défense expresse leur était faite de se risquer le soir hors de la place, dans les rues de la ville, après le soleil couché.

Les raisons données de vive voix à nos camarades, qui nous les expliquèrent au *Café national*, c'est que deux de nos amis, dont l'un était le cousin du général Taylor, avaient été attirés dans un rendez-vous galant, la veille au soir, une heure après notre arrivée à Mexico, et avaient été traîtreusement assassinés.

En vain, le général avait-il fait fouiller, de la cave au grenier, la maison où l'on avait trouvé les cadavres de nos pauvres amis, on n'avait rien trouvé de compromettant. Le logis ne contenait pas même de meubles; il semblait abandonné, et les voisins déclaraient, sous serment, que depuis dix ans, la *casa Moralès*, n'avait jamais été ouverte. Les herbes poussaient drues et serrées dans le jardin rempli de branches mortes et de plantes parasites. On eût dit un cimetière dévasté. Seul, un *reboso* de soie, indice du passage d'une femme, avait été trouvé sur un banc de pierre de la *huerta*, à un mètre des cadavres du capitaine Thirtle et du major Andrès, frappés tous deux d'un coup de poignard en pleine poitrine.

Ce meurtre avait jeté la consternation dans l'armée américaine. Les alguazils et le corrégidor — chef de la police — de Mexico, mandés auprès des généraux commandants, avaient protesté de leur impuissance à modérer les passions de leurs compatriotes. Nous étions persuadés qu'ils en savaient plus long qu'ils ne voulaient l'avouer. Mais que faire contre des gens qui certainement n'eussent pas dévoilé à leurs vainqueurs les noms de ceux qui servaient si bien leur haine contre les envahisseurs de leur patrie?

Lorsque l'on eut rendu les derniers devoirs à nos infortunés camarades, les ordres de nos généraux furent strictement observés : nous passâmes trois semaines en corps, ne sortant des casernements qu'en nombre pour visiter la ville, et toujours armés jusques aux dents. Notre vie se traînait de l'*hotel Iturbide* au *café Nationnal* et *vice versa*, lorsque nous ne faisions pas quelque excursion hors du

centre général, jusques aux *barrios* (fau-
bourgs) de la ville.

Une après-midi du mois de septembre,
nous étions dix officiers étendus dans des
fauteuils à bascule à côté des tables de notre
hôtel, devant la façade, abrités par une
tendida de toile, buvant à petites gorgées
des boissons glacées à la mode du pays et
fumant des panatellas exquis, lorsque nos
regards furent attirés par une *tapada* (1),
assez pittoresquement costumée, qui passait
et repassait devant notre *posada* et cherchait
à attirer notre attention, et particulièrement
la mienne.

A la fin, intrigué par ces évolutions, je me
levai et je m'avançai vers l'inconnue.

—*Que quiere usted?* lui dis-je en espagnol.

— Une dame de grande famille, me dit-
elle, désire vous entretenir ce soir en parti-
culier, et je suis chargée par elle de vous
remettre son adresse.

— Il m'est impossible, répliquai-je, de me
trouver à ce rendez-vous. Les ordres du
général Scott sont formels.

(1) On appelle ainsi une femme qui se cache le
bas du visage avec un fichu de dentelle ou un fou-
lard à la mode turque..... et mexicaine.

— Bah! le segnor *cabaliero* a peur, sans doute?

— Peur! Peur! un Français ne tremble jamais.

— Sa Seigneurie réfléchira. Ce soir, à neuf heures, à la *huerta Moralès*. Silence et discrétion!

La *huerta Moralès!* Mais c'était dans ce jardin même que nos amis avaient été assassinés, il y avait à peine quinze jours!

Je revins sous la tente rendre compte à mes camarades de la conversation échangée avec la *tapada*, et notre avis unanime fut qu'il fallait prévenir notre général en chef.

Je me rendis au quartier, et je fis part au chef de l'armée américaine de la proposition qui m'avait été faite.

—Eh bien! *my bloody Frenchman*, — un terme d'amitié du général Scott — avez-vous peur, hein!

—Peur! répondis-je en haussant les épaules, comme je l'avais fait à la *tapada*.

— Si vous voulez nous rendre un vrai service, vous irez à la *casa Moralès*. Soyez armé de deux revolvers et ne craignez rien. A peine serez-vous entré dans la *huerta* que vous serez protégé. Comment? Cela me

2

regarde. Ce soir, nous aurons retrouvé les assassins de Thirtle et d'Andrès! Malheur à eux! je ferai un exemple terrible. Rentrez chez vous pour vous occuper de vos préparatifs. Surtout, pas un mot à vos amis. Vous leur direz que je vous ai défendu de sortir et que vous êtes aux arrêts. Dès que la nuit sera venu, vous revêtirez vos habits civils et vous vous envelopperez dans un manteau, puis vous vous dirigerez vers le rendez-vous donné.

— Il suffit, général; vos ordres seront exécutés de point en point. A la garde de Dieu!

— Et à la mienne!

Je pris congé et j'obéis ponctuellement aux injonctions de ce bon général, que j'aimais comme s'il eût été mon père.

Pour abréger ce récit, je dirai qu'à neuf heures précises je frappais discrètement à la porte de la *huerta Moralès*.

Deux secondes après, l'huis s'entr'ouvrait et je me trouvais en présence de la *tapada*.

— *Muy bien, senor*, dit-elle. Silence! Suivez-moi!

Je la laissai fermer la porte au verrou, puis elle se dirigea vers une charmille de jasmins et de gardénias en fleurs, dont les émanations embaumaient l'atmosphère.

Sous cette charmille se trouvait assise une senora admirablement belle, qui m'adressa la parole dans un français plus ou moins compréhensible.

Je lui répondis avec la plus parfaite politesse, et je portai sa main à mes lèvres.

Au même instant, je vis se dresser à quatre mètres devant moi trois *leperos* armés de coutelas, qui se disposaient à me faire un mauvais parti.

Plus rapide que la pensée, mes mains s'étaient emparées des deux revolvers que je portais dans les poches de mon caban, et je fis feu résolûment sur le premier des trois assassins, qui tomba sur le coup. Le second, atteint par une balle de mon arme, lâcha son couteau et prononça un *caramba* formidable en fuyant du coté de la *Casa Moralès*.

Quant au troisième, il s'avançait vers moi et allait se ruer en avant, lorsqu'un nouveau venu l'étreignit fortement par derrière, tandis qu'il me criait de ne pas tirer.

En effet, ce *deus ex machina* n'était rien autre qu'un colosse américain, appartenant à la maison du général Scott. Morse — tel était le nom de ce géant — était doué d'une force surhumaine. Par les ordres de son maître, il avait enrôlé deux autres camarades de l'armée connus par leur audace et leur amour des aventures, et ils avaient été envoyés sur mes pas, avec mission de ne pas me perdre de vue, de franchir la muraille de la *huerta* et de se rendre compte de ce qui allait s'y passer.

— Il faut, leur avait dit notre général, que vous preniez vivants le ou les assassins que vous rencontrerez là-bas.

Ils avaient réussi. J'avais échappé comme par miracle à l'attaque des complices de la senora inconnue.

Je reviens à celle-ci.

A peine avais-je compris que le troisième meurtrier était solidement bâillonné, que je m'étais retourné pour savoir ce qu'était devenue la belle Mexicaine.

Elle avait disparu. Par quel moyen? Nous ne pûmes le deviner. Cette sirène infernale, qui attirait vers un guet-apens les pauvres officiers de notre armée, devait s'être ménagé une sortie : nous découvrîmes, en effet, vers un angle de la *huerta*, une sorte de tour au moyen duquel on pouvait — en pressant un ressort — se trouver en un instant porté dans une ruelle déserte, qui aboutissait à la route de Puebla.

Les deux Mexicains et le cadavre de leur complice furent entraînés au quartier général, et l'on fit prévenir le corrégidor.

Celui-ci arriva en toute hâte, mais on remarqua qu'il fit la grimace lorsqu'il vit et comprit pour quelle affaire il avait été mandé.

— Ces deux misérables ont été surpris en flagrant délit de meurtre, lui dit le général Scott; la loi martiale les condamne à mort. Mais avant de les livrer au bourreau, il faut, je le veux, que vous obteniez d'eux l'aveu de leur crime et le nom, l'adresse de leurs complices, les deux femmes disparues.

Le corrégidor inclina la tête et procéda à l'interrogatoire des deux bandits.

Tout d'abord, les scélérats refusèrent de faire le moindre aveu; mais, poussé par le magistrat mexicain, l'un d'eux déclara qu'il allait parler.

Il déclara qu'une conspiration, dont il n'était que le bras, avait été organisée par les soins du président Santa-Anna, et que le chef connu était un nommé Antonio Cespédès. Tous les affiliés — dont le nombre était de deux cents au moins — avaient juré sur le Christ de se dévouer à la sainte cause pour la délivrance de leur pays.

— Quelle est la senora qui sert de sirène à ces rendez-vous meurtriers? demanda le général Scott.

Après de grandes hésitations, le bandit consentit à la nommer :

— Dona Fernandina Capilla, la fille du riche *haciendero* Capilla de *Los Pueblos*.

— Je m'en étais douté! murmura le corrégidor à voix basse. Où est-elle?

— Je l'ignore : peut-être à la *hacienda* de son père.

Le général Scott envoya un escadron de cavalerie à la ferme du senor Capilla, mais le logis était abandonné de la veille : les portes en demeuraient ouvertes, la maison restait vide.

Hieronimo Sanfé, le meurtrier garrotté par Morse, et son complice blessé par moi, nommé Jacomo Ora, furent condamnés au supplice infâme du *garrotte*. Puis on les mit *en chapelle* pour être exécutés le lendemain matin.

Le *garrotte* est tout simplement la strangulation primitive. On attache le patient soli-

dement ficelé à un poteau placé au milieu
d'une place publique. On le fait asseoir sur
un banc adossé au poteau et on lui passe
une corde autour du cou. Cette corde est
netortillée à une sorte de tourniquet en bois
de chêne, et le bourreau vire le chanvre
jusqu'à ce que le patient soit bel et bien
étranglé.

C'est horrible, mais c'est ainsi. La coutume du Mexique est là.

Le lendemain, à dix heures du matin, les
tréteaux avaient été dressés sur la grande
place de Mexico, vis-à-vis la cathédrale.

Les deux patients, soutenus chacun par un
prêtre, furent amenés au pied de l'échafaud,
et le bourreau — à son corps défendant,
mais forcé d'agir par la présence de toute
l'armée américaine rangée en bataille sur
le lieu du supplice — fut bien forcé d'accomplir sa funèbre tâche.

J'assistais à cette exécution, et j'avoue que
le spectacle horrible de ces faces tuméfiées,
de ces langues pendantes, de ces contorsions
atroces, resta longtemps gravé dans ma
mémoire.

Mes amis Thirtle et Andrès étaient vengés !

Une exécution à San-Francisco.

La découverte des mines d'or en Californie — cette partie conquise de l'Amérique du Nord sur les côtes du Pacifique par les habitants des États-Unis avait attiré sur ce point du globe une quantité d'émigrants, dont le nombre affluait tous les jours.

Les aventuriers de tous les pays, ceux qui avaient le désir de se procurer dans le plus bref délai, par tous les moyens possible, la richesse et le bien-être, sans recourir au commerce ou à l'industrie, tous les hommes à grandes passions, tous les révoltés de la société des différents États du monde civilisé, les gens sans aveu, avides de trouver l'inconnu et de pouvoir pêcher en eau trouble, se ruèrent vers les *placeres* dès que la nouvelle de ces gisements aurifères parvint à leurs oreilles.

Les villes de Sacramento et de San-Francisco devinrent, à dater de ce moment-là, le rendez-vous d'une population criminelle ou prête à le devenir. Nulle part, sur le reste de

la terre, on n'eût pu rencontrer plus de scélérats réunis.

Les conséquences de cet état de choses se
réalisèrent dans un court espace de temps et
le plus grand désordre régna dans ce pays
conquis.

Il ne se passait pas de jour où des vols et
des assassinats ne fussent signalés : la vie
était à chaque instant exposée au plus grand
danger et les autorités établies se voyaient
incapables de protéger leurs concitoyens et
de punir les crimes, de quelque nature
qu'ils fussent.

Peu à peu, cependant, la première invasion
de ces chercheurs d'or, sans feu ni lieu, fut
suivie par la venue de gens plus respectables
et plus soumis aux règlements de la société,
qui venaient essayer de faire du commerce.
Ces nouveaux arrivés comprirent qu'il fallait
se ranger du côté de la loi, pour se débar-
rasser des criminels au milieu desquels ils
se trouvaient.

Comme l'état de choses existant ne pouvait
continuer, les hommes les plus sérieux et les
plus hardis se réunirent pour faire respecter
la loi, et l'opinion publique se montrant en
faveur de cette résolution, il fut décidé que

le vol et le meurtre seraient désormais punis avec autant de sévérité que dans les États policés de l'Union américaine.

Cette façon de procéder d'une société se faisant justice elle-même, au lieu et place des tribunaux constitués à cet effet, est connue aux États-Unis sous le nom de *loi de Lynch*, du nom d'un Américain nommé Lynch qui le premier, dans le pays des frontières, avait inauguré ce genre de punition contre les ennemis des gens honnêtes établis comme pionniers dans ces parages voisins des Peaux-Rouges.

Bien souvent la justice populaire s'était ruée sur des gens complétenent innocents et reconnus comme tels après leur exécution sommaire ; mais en Californie le cas n'était pas le même ; on se trompait rarement et puis les juges appartenaient à la classe honnête de la population. C'étaient eux qui étaient les acteurs et ils agissaient en plein jour en donnant toute la publicité possible à la sentence irrévocable.

En Europe, nous nous targuons de respecter la loi, et, quelque horreur que nous éprouvions en présence d'une exécution, nous laissons la justice suivre son cours.

La raison en est que nous sommes persuadés que la justice sait et saura nous protéger et nous venger au besoin.

En Californie, ce n'était pas la même chose. Les gens honnêtes de ce pays étaient convaincus que la loi n'était pas assez puissante pour les protéger. Ils en étaient donc arrivés à cette conclusion qu'il fallait se défendre sérieusement contre tous ceux qui en voulaient à leur propriété et à leur vie ; qu'il n'y avait aucune sécurité sans des exemples frappants et qu'il fallait terrifier les criminels.

Nous avons cru devoir expliquer la situation, pour atténuer quelque peu les horreurs de ces récits de jugements et d'exécutions sommaires de San-Francisco et du pays de l'or.

On n'oubliera pas non plus que ces juges « irréguliers » ne prononçaient leur sentence qu'après des débats sérieux, où la procédure était la même que dans les cours des autres pays civilisés: acte d'accusation fondé sur les évidences, liberté de défense de la part de l'inculpé, plaidoyer d'avocat, etc., etc., ainsi que cela se pratique d'ordinaire.

Quoi qu'il en soit, ces jugements prononcés au XIX⁰ siècle, au milieu d'un État faisant partie de la grande République américaine, offraient un intérêt des plus curieux.

Dans le récit qui va suivre, les principaux acteurs se composaient de deux cents citoyens de San-Francisco qui s'étaient constitués en « comité de vigilance » dans le but avoué d'empêcher tout voleur, assassin ou incendiaire d'échapper à la punition méritée, soit par la faiblesse des juges réguliers, soit par le peu de solidité des prisons, l'insouciance et la corruption de la police, ou l'insuffisance des moyens de répression.

Le misérable qui fut reconnu coupable avait volé un coffre-fort rempli d'argent. On l'avait découvert au moment où il emportait la caisse de fer enveloppée dans un grand sac. Quand il s'était vu suivi, il avait sauté dans une embarcation en cherchant à s'éloigner à force de rames.

La personne lésée s'était aperçue du larcin et, immédiatement, avait couru à la poursuite de son détrousseur, suivie par un grand nombre de bateliers qui n'avaient pas tardé à rejoindre l'homme qui emportait le coffre-fort. Ce dernier, se voyant pris, avait jeté la preuve de conviction à la mer; mais tandis que quelques personnes s'emparaient du voleur, d'autres repêchaient la caisse de fer.

Ramené vers le rivage, le coupable fut remis aux mains des membres du conseil de vigilance, qui l'entraînèrent dans la salle de leurs délibérations. Il fut jugé par quatre-vingts membres présents, à huis clos, et, convaincu de vol, se vit condamné à être pendu, le soir même, à Portsmouth-Square.

Tandis que le tribunal était rassemblé, les habitants de San-Francisco s'étaient rassemblés autour de la maison qui servait de lieu de réunion, et la cloche de la remise pour la pompe à incendie sonnait à pleine volée, afin d'apprendre à la ville ce qui se passait au sein du comité de vigilance.

La populace se montrant fort excitée, plus excitée que de coutume même; certains assistants reprochaient aux membres de ce tribunal, imposé de délibérer à huis clos; mais quand on annonça au public la sentence de mort décrétée contre le criminel, un sentiment de satisfaction générale éclata de toutes parts. Quelques personnes, cependant, exprimaient l'opinion que la mort était un peu sévère pour une pareille offense envers les lois de la société.

Dès que la sentence eut été signée, la cloche de la pompe à incendie ne cessa de sonner le glas de mort, pour annoncer la fin prochaine du condamné.

Le capitaine des hommes de police, nommé Benjamin May, se présenta à la porte de la salle d'audience et réclama le prisonnier qui, naturellement lui fut refusé. Quoiqu'il se fut fait accompagner par une escouade de policemen, il vit bien que ni lui ni ses gens ne réussiraient à s'emparer du coupable.

Il était une heure après midi, quand un nommé Samuel Bonneau se montra sur le seuil de la salle d'audience et vint annoncer la sentence rendue à l'unanimité contre le voleur, qui, malgré l'évidence, avait constamment nié sa culpabilité.

Le condamné se nommait John Jenkins, et était originaire de Londres. Samuel Bonneau ajouta qu'on lui avait donné une heure pour se réconcilier avec Dieu, et qu'à cet effet on avait mandé près de lui un ministre protestant du nom de James Innes.

La foule approuva par ses cris la décision du comité de vigilance, et dès ce moment le tumulte arriva à son comble, car chacun voulait donner son avis et le faire prévaloir.

Nous devons ajouter que la majorité des citoyens de San-Francisco, était en faveur de l'exécution.

Tandis que ceci se passait au-dehors, le prisonnier était gardé à vue avec rigueur, mais avec tous les égards possibles : on lui avait même offert des cigares.

Le pasteur protestant était accouru le premier, à l'appel qu'on lui avait fait, et il exhortait le condamné à prier avec lui. Nous devons dire, pour être exact, que toutes les paroles du révérend docteur Innes étaient prononcées en pure perte : le malheureux à qui il s'adressait ne lui répondait pas. Toute son attention semblait fixée vers la porte d'entrée, car il s'attendait à se voir délivré par les gens de la police municipale.

Au moment où deux heures sonnaient, les portes de la salle du comité de vigilance s'ouvrirent, et le condamné à mort fut amené devant la populace. C'était un homme de haute taille, d'une force herculéenne, dont le visage semblait fait pour inspirer la terreur.

Si épouvantable que fût sa situation, il

paraissait de sang-froid en fumant un cigare de l'air le plus placide du monde. Ses mains attachées derrière son dos étaient mainte- nues par deux hommes armés, accompagnés d'un grand nombre d'individus, de telle façon que la fuite était réellement impos- sible.

C'est ainsi qu'il parvint, en traversant la foule, jusqu'au milieu du square public.

Une fois là, une clameur immense éclata de toutes parts et des vociférations étranges se firent entendre; c'était un spectacle effrayant. La lune, obscurcie par les nuages, était entièrement cachée et l'on n'y voyait que grâce à la lueur des torches.

Quelques individus s'étaient hissés sur l'arbre de la liberté, pour y attacher une corde destinée à la pendaison.

A ce moment-là, un cri se fit entendre.

— Ne le pendez pas à cette noble potence, disait quelqu'un.

— C'est vrai! conduisez-le vers la vieille maison, hurla un autre assistant.

Et ce fleuve d'êtres vivants entraîna le condamné vers un *adobe* (maison de pizai) en ruines, qui avait autrefois servi de douane. On hissa une poutrelle à l'une des fenêtres, et quand elle eut été solidement fixée on passa une corde solide à une poulie.

Tandis que ceci se préparait, les hommes de la police faisaient de vains efforts pour s'emparer du condamné, mais ils se virent repoussés de toutes parts.

S'ils eussent persisté dans leur projet, on les aurait reçus à coups de revolver, quoiqu'un certain nombre d'assistants fût opposé à cette exécution sommaire et se montrât disposé à favoriser les efforts de la police.

Le prisonnier, balloté entre ceux-ci et ceux-là, se mourait de peur. Tout à coup, il sentit un nœud coulant glisser autour de son cou, et il fut enlevé par une vingtaine de bras à 10 mètres au-dessus du sol.

La secousse avait été mortelle, et, après quelques balancements, quelques trémoussements nerveux, le criminel, victime de la vengeance populaire, n'était plus qu'un cadavre.

Tandis que ce cadavre restait ainsi suspendu au-dessus de la foule, la terreur s'était emparée des exécuteurs eux-mêmes, qui se dispersèrent lentement.

Quelques-uns, les plus endurcis, restèrent

seuls jusqu'au lever du jour, près du lieu de l'exécution.

A six heures, le marshall Mac-Crowski se rendit vers l'*adobe*, coupa la corde et fit emporter le corps de feu John Jenkins, qui fut déposé à la salle des morts.

Ainsi se passa la première exécution faite d'après la loi de Lynch à San-Francisco.

Dans les circonstances particulières où se trouvait la société californienne; à l'époque où nous reporte le fait qui précède, on peut, en quelque sorte, excuser ce jugement sommaire.

Mais on ne peut que bénir les lois justes et régulières qui régissent le pays où nous vivons, car on vit paisiblement en Europe, sous la protection d'une police destinée à prévenir le crime et de juges prêts à le punir avec toute la sévérité nécessaire.

L'arbre anthropophage.

A mi-chemin de l'île de la Réunion et de la côte orientale de l'Afrique centrale s'étend, sur une longueur de 132 myriamètres du

nord-est au sud-ouest, avec une largeur
très-variable, mais qui, dans sa plus grande
traversée, n'a pas moins de 54 myriamètres
de l'est à l'ouest, la grande île de Madagascar, nommé en langage madécasse *Hiera Bé*,
ce qui veut dire « la grande terre ».

C'est, après Bornéo et la Grande-Bretagne,
la plus vaste île du monde.

Vue de la mer, cette île magnifique offre à
l'œil de celui qui arrive par la pleine mer, à
bord d'un navire, un vaste amphithéâtre de
montagnes superposées, formant des éche-
lons de verdure qui varient depuis le vert le
plus vif jusqu'aux teintes azurées des pics
ardus qui se confondent avec le bleu foncé
du ciel.

Madagascar serait une des possessions les
plus importantes que puisse envier une
grande puissance maritime, si cette île
n'avait pas contre elle le climat meurtrier de
son littoral.

Il y a trois races distinctes à Madagascar,
parmi les trois millions d'habitants qui
composent le chiffre de la population : les
Sakataves à l'ouest, descendus de la côte
africaine et qui sont encore de vrais nègres ;
les Howas au centre, grande peuplade d'o-

rigine malaise, et les Madécasses, type modifié par de nombreuses révolutions et de fréquents amalgames.

Les Sakataves ont la peau noire et les cheveux crépus : ils ont conservé tous les instincts, tous les errements de la race africaine à laquelle ils doivent leur origine, c'est-à-dire qu'ils sont ignorants, superstitieux et... anthropophages.

Leurs habitations sont situées au milieu de cavernes creusées dans les rochers calcaires de leurs montagnes, au centre desquelles se trouvent des vallées profondes, à 400 pieds au-dessus du niveau de la mer.

Près de la frontière des Sakataves se trouve un joli petit lac de 1 mille environ de diamètre, dont les eaux dormantes s'échappent au sein d'un canal tortueux, sous le feuillage sombre de la forêt impénétrable.

Les Sakataves sont complètement nus ; leurs relations avec les autres tribus sont assez guerrières, et leur seule religion est celle d'un culte abominable qu'ils rendent à un arbre déifié par eux qui, comme le *Drosera rotundifolia.* — Cette plante carnivore, si bien décrite par Darwin (1), — suinte un

(1) M. Darwin, le célèbre naturaliste, a dernière-

fluide visqueux qui l'aide à s'emparer de sa proie et possède des qualités enivrantes, dont les naturels se régalent avec avidité.

Qu'on se figure une immense pomme de pin de 3 mètres de haut et d'une grosseur proportionnelle. Cette pomme de pin géante, qui est le tronc de l'arbre, est noire et d'une dureté pareille à un bloc de fer. A la cime de ce cône, qui a près de 50 à 60 centimètres de largeur, on aperçoit une dizaine de feuilles qui retombent molles et pliantes, à l'instar de celles d'un bananier, avec cette différence qu'elles sont nerveuses comme celles de l'agave et terminées par des pointes d'une acuité sans pareilles et creuses à l'intérieur.

Tout le bord de ces feuilles est armé de forts piquants; leur couleur est vert foncé, comme qui dirait l'écorce des liéges ou des troënes.

Si l'on se hisse sur un rocher ou sur les épaules d'un insulaire sakatave pour exa-

ment attiré l'attention du public sur quelques espéces de *plantes carnivores*, qui, saisissant les insectes et refermant sur eux leurs pétales, sucent tout leur sang et rejettent après leur cadavre des-séché. Des morceaux de viande crue disparaissent avec la même rapidité dans la « bouche » de ces arbres fantastiques.

miner cet arbre satanique, on aperçoit un cône rond, de couleur blanche et de forme creuse. Ce n'est point une fleur, mais bien une sorte d'entonnoir, de suçoir dans lequel est contenu un liquide visqueux et douceâtre dont les propriétés sont à la fois morphiques et intoxicantes.

Tout autour de ce récipient se hérissent des rejetons de feuilles, à l'état de scions, tortillés comme des serpents et remuant comme s'ils étaient animés. Leur largeur est d'environ 1^{m},30, et rien n'est plus terrifiant que de voir le frétillement de ces plantes verdoyantes, qui produit une sorte de sifflement fait pour donner le frisson au plus courageux.

Un arbre pareil à celui-là, transplanté dans notre Jardin d'acclimatation de Paris, ferait la fortune de cette administration.

Je reviens aux Sakataves et à leur religion superstitieuse. Il y a dix ans, leur reine, veuve depuis huit mois et mère d'un grand et gros garçon, héritier de son père, mit au monde un second fils qui, d'après les lois de la tribu, devait succéder à son père. En Europe, c'est tout le contraire qui se passe; mais à Madagascar, les lois héréditaires ne suivent pas le même cours que chez nous Lambo — c'était l'aîné de Ramatava, la reine-mère — devait mourir dès que son frère Horra viendrait prendre sa place.

Or, la reine adorait son fils aîné. Elle eut donné sa vie pour que son bien-aimé rejeton n'eût pas eu de frère ; mais la nature ayant suivi son cours, Horra avait vu le jour.

Quel parti prendre ? Le seul qui fût possible, quelque pénible qu'il fût : la fuite. Lambo dit adieu à sa mère par une nuit sombre ; et celle-ci, affolée, sans courage, vit s'éloigner son enfant adoré, qu'elle ne devait peut-être plus revoir.

Lambo s'enfonça dans les méandres de la montagne, à travers mille dangers plus terribles les uns que les autres, torrents à franchir, animaux féroces à défier ; son but était d'atteindre les confins de la tribu des Howas et de se rendre au port de Tamatave où faisaient escale les navires venant du monde civilisé, à bord desquels il trouverait un passage.

Après quatre jours de marche, Lambo parvint en vue du port. Devant lui, au lieu de la montagne où la mer déferlait, il aperçut un millier de cases divisées en deux parties :

le village Malgache sur le bord de l'Océan, et le village Howa placé derrière le fort.

De nombreux habitants recouverts de *sambas* et de *sim'bous*, sorte de toges romaines fabriquées avec des cotonnades du pays, circulaient devant les cases et se dirigeaient vers un grand hangar qui était le palais du souverain des Howas.

Les murs de cette grande case étaient formés de poteaux, reliés ensemble par les longues et fortes tiges du *ravenala* (l'arbre du voyageur) serrées les unes contre les autres, et la toiture consistait en feuilles du même arbre, tressées comme de la paille.

Le roi Radama venait d'être élu par ses sujets et donnait audience à son peuple.

Pourquoi ne demanderais-je pas asile à mon frère? se dit Lambo.

Et il alla droit au palais du souverain des Howas, lui raconta son histoire et le pria de le garder auprès de lui.

Non-seulement le roi Radama accueillit avec bonté son égal, mais encore il lui donna un emploi supérieur à sa cour et lui fournit les moyens de vivre sur un grand pied dû à son rang.

Lambo se montra fort reconnaissant de

l'accueil qui lui était fait et, voulant prouver cette gratitude, il se mit entièrement au service de Rosaherina.

La présence des Européens à la cour du grand chef de Tamatave lui fournit l'occasion de montrer son intelligence. C'est lui qui s'aboucha pendant plusieurs mois avec M. Dupré, envoyé par l'empereur Napoléon III, pour ratifier un traité de commerce et avec le capitaine Dupré, qui appuyait la volonté de la France à l'aide-de la frégate *Hermione* et de l'aviso *le Curieux*. Il ne tint pas à Lambode voir accepter les propositions de la France par son souverain, et si notre alliance ne fut point agréée, c'est à l'influence de l'Angleterre que cette déconvenue doit être attribuée.

Un matin, le roi Radama fut trouvé étranglé sur son lit. La reine Rosaherina, sa femme, n'aimait point Lambo, qui dut chercher de nouveau son salut dans la fuite.

Il s'éloigna donc dans le plus bref délai et au lieu de se recommander au capitaine Dupré, qui l'eut volontiers accueilli à son bord, il songea à revoir sa mère et son pays.

Une pareille résolution était de l'imprudence; mais l'amour de la patrie et de la famille l'emportait sur tous les raisonnements et Lambo s'en alla à travers monts et vallées dans la direction du territoire sakatave.

Un soir, à la tombée de la nuit, quatre ans après son départ, il parvenait à deux portées de fusil du *palais* maternel. Caché sous les arbres touffus d'une forêt voisine, il put voir Ramatava et son frère Horra se promener devant leur habitation pour respirer l'air parfumé. Quand l'ombre fut venue, il s'avança avec les plus grandes précautions vers la case royale, y entra et sauta au cou de celle qui lui avait donné le jour.

—Malheureux ? s'écria la reine, mais c'est la mort que tu es venu chercher ici !

— Soit ! mais au moins je t'aurai revu, mère ; je gémissais loin de toi chez notre frère.

La pauvre mère eut beau supplier son fils de s'en aller de nouveau ; celui-ci refusa.

—Mon intention n'est pas de m'emparer du trône qui est échu à mon frère d'après nos lois, mais j'entends vivre près de lui, de toi, et respirer l'air qu'ont humé mon père et tous les miens.

— Mais les puissants de notre territoire, les prêtres de notre dieu réclameront l'exécution de la loi, c'est-à-dire ta mort !

—Je leur ferai comprendre que ma mort est inutile ; que c'est un sacrifice odieux à une coutume barbare et anticivilisée.

— Mais si tu ne réussis pas à les convaincre?

— Je me résignerai à mourir.

Ce qu'avait prévu la mère arriva. Quelques jours se passèrent avant que la présence de Lambo fût connue ; mais un matin il fut aperçu par un vieillard très-superstitieux et d'un fanatisme sans pareil. Celui-ci alla le dénoncer.

Deux heures après, un groupe de dix guerriers s'emparait de Lambo et le conduisait sur la place publique pour y être jugé.

—Lâche et audacieux ! lui dit le prêtre. Lâche, pour t'être enfui afin d'éviter ta destinée fatale ; audacieux, pour être revenu nous braver.

— Quel crime ai-je commis? répliqua Lambo

— Celui de résister à la volonté de nos dieux.

— Vos dieux n'existent pas.

— Il blasphème !

— Je raisonne et je dis la vérité.

— Tu vas mourir : ta vie appartient à *Tépé-Tépé*.

Ce mot signifiait le nom de l'arbre antropophage, aux étreintes duquel Lambo allait être fatalement livré.

En vain Ramatava implora-t-elle ses ministres pour obtenir d'eux la vie de son enfant ; ceux-ci refusèrent, croyant être gréables à leurs dieux ; et l'on vit bientôt l'infortuné Lambo, les mains liées par des cordes de palmier, avancer, tout en résistant, au milieu d'une horde de sauvages : on l'entraînait vers l'endroit du pays où s'élevait le *Tépé-Tépé*.

Tout autour de lui, des femmes demi-nues, des Sakataves enivrés, affolés, poussaient des hurlements sinistres et chantaient des hymnes propitiatoires.

Leurs cris, leurs danses redoublaient autour du pauvre Lambo que l'on poussait des mains et que l'on piquait avec le fer des javelots pour le forcer à avancer.

Quand cette foule sauvage fut arrivée près du *Tépé-Tépé*, les bourreaux hissèrent Lambo sur le sommet de l'arbre et le forcèrent à s'asseoir sur le cône, au milieu des scions qui s'agitaient déjà autour de sa tête.

Le malheureux n'avait pas perdu son sang-froid : il voyait la mort arriver, mais son courage résistait aux premières étreintes.

La foule lui cria : *Tick !* ce qui voulait dire : Bois ! et il prit dans sa main un peu de ce liquide étrange et sinistre, qu'il porta à ses lèvres.

Un moment après, il se relevait d'un bond. Son visage était transfiguré : on eût dit que la folie s'était emparée de ce jeune homme si calme d'ordinaire. A peine fut-il debout, les deux pieds dans le creux de l'arbre, qu'il se vit enlacer par les scions du *Tépé-Tépé*. Sa tête, son cou, ses bras furent serrés comme dans des étaux de fer ; son corps fut de même enlacé par ces serpents végétaux.

C'était un nouveau Laocoon devenant la proie des boas qui vont le dévorer.

A ce moment suprême, les grandes feuilles du *Tépé-Tépé* se redressèrent lentement, comme les tentacules d'une énorme pieuvre ; venant à l'aide des scions placés autour du cœur de l'arbre, elles étreignaient plus fortement la victime si odieusement sacrifiée. Ces grands leviers s'étaient rejoints et s'écrasaient l'un l'autre, et l'on vit bientôt suinter à leur base, par les interstices de l'horrible plante, des coulées d'un liquide visqueux; mêlé au sang et aux entrailles de la victime.

A la vue de cet odieux mélange, les sauvages Sakataves se précipitèrent sur l'arbre, l'escaladèrent en hurlant, et, à l'aide de noix de cocos, de leurs mains disposées en creux, recueillirent ce breuvage de l'enfer qu'ils buvaient avec délices.

Ce fut alors une épouvantable orgie, suivie de convulsions épileptiques, et enfin d'une insensibilité absolue.

Lorsque l'arbre anthropophage eut achevé son repas, quelques heures après le moment où la victime lui avait été livrée, il ne restait plus du corps de Lambo que des ossements broyés et des nerfs desséchés.

Les grandes feuilles s'étaient détendues, les scions voltigeaient toujours et le cône intérieur de l'arbre rejetait sa liqueur visqueuse, âcre et intoxicante.

La malheureuse mère de Lambo était folle, mais son fils Horra régnait sur les Sakataves.

La prairie en feu.

Ce qui suit est un souvenir de voyage au milieu des prairies indiennes.

Nous nous trouvions, quelques amis et moi, lancés parmi les déserts du Far-West, en compagnie d'une tribu de Sioux, et nous avions campé sur les bords de la rivière des Pruniers (Plum's River). Un matin, mon camarade Willie et moi nous partîmes seuls pour aller tuer un cerf ou deux pour les besoins de notre caravane.

Au lieu d'un « Virginien, » nous rencontrâmes un ours. Willie fit feu et blessa sérieusement l'animal qui prit la fuite à travers les méandres du désert.

Nous nous décidâmes à poursuivre la bête, en jurant de ne revenir au campement qu'avec maître Bruin. L'animal avait pris les devants et nous lançâmes nos montures au galop. Après deux heures de cette course échevelée, nous comprîmes que l'ours s'était dérobé, ou bien qu'il était tombé mort dans quelque coin. Notre limier avait cessé de donner de la voix.

C'est alors que nous songeâmes au retour
Seulement, dans l'ardeur de notre poursuite,
nous avions perdu souvenir de la direction
suivie et nous ne pouvions retrouver le
chemin du camp.

Tandis que nous nous orientions, Willie et
moi, nous aperçûmes à l'horizon une énorme
troupe de bêtes diverses se précipitant en
avant avec une inquiétude qui n'avait jamais
été remarquée auparavant par nous dans
les hardes de ces animaux. Leur allure était
celle que donne l'épouvante, et la présence
d'un homme ne devait certainement pas
avoir cette influence sur leur course rapide.

En regardant attentivement à l'horizon,
nous vîmes une large bande noirâtre que
nous prîmes d'abord pour un nuage ; mais
comme l'épaisseur en augmentait toujours
et que sa couleur devenait de plus en plus
sombre, nous nous arrêtâmes sans nous
parler, afin de mieux nous rendre compte.

— Ce n'est pas un nuage, me dit tout à
coup Willie.

Les hardes effrayées des habitants du
désert se précipitaient toujours en avant.

Tout à coup l'idée me vint que la prairie

était en feu, et je vis un moment après que je ne m'étais point trompé.

La bande noire que nous apercevions à l'horizon, était formée de nuages de fumée de plus en plus reconnaissables, qui avaient une étendue d'environ une lieue et se développaient au fur et à mesure des progrès de l'incendie.

Il nous fallait fuir : mais dans quelle direction? Quoi qu'il en fût, il était impossible de rester à l'endroit où nous nous trouvions. Un galop incessant pouvait seul nous arracher à l'invasion des flammes et à une mort épouvantable.

Nos montures semblaient deviner l'imminence du danger. Elles regardaient en hennissant les colonnes de fumée qui s'élevaient de toutes parts et tiraient sur la bride comme pour inviter leur maître à prendre un parti. Aussi, à peine eûmes-nous lâché les brides que les animaux s'élancèrent avec toute la vitesse dont ils étaient capables, comme s'ils eussent voulu devancer l'ouragan et laisser loin derrière eux le danger imminent. Ils emportaient leurs cavaliers dans une course effrénée, précédant toutes les bêtes fauves, les bisons et les chevaux mêlés les uns aux autres, harde innombrable dont la plaine était couverte aussi loin que la vue pouvait s'étendre.

Les pauvres égarés s'efforçaient de modérer leurs montures ; mais ils avaient beau leur parler et caresser de la main leur fine encolure, l'animation de ces pauvres bêtes augmentait à chaque pas et leurs bonds devenaient de plus en plus impétueux.

A la fin, d'épais nuages de fumée, chassés par l'ouragan et s'enroulant les uns sur les autres en tourbillons épais et sinistres, vinrent se ranger au-dessus de nos têtes. L'obscurité augmentait comme lorsque la nuit couvre la terre et qu'il n'y a pas d'étoiles au ciel.

Tout à coup une lueur rougeâtre perça les ténèbres. Willie et moi, nous nous retournâmes comme d'un commun accord, et nous vîmes avec horreur les herbes prendre feu et projeter des flammes jusqu'à l'extrémité de la prairie. Nous nous crûmes entourés d'une ceinture de feu.

L'éclat intermittent de ce foyer éclairait, d'un reflet ardent et menaçant à la fois, la foule des animaux affolés de terreur et fuyant à perdre haleine.

Tout l'espace que Willie et moi nous avions laissé derrière nous paraissait animé; une trépidation semblable au sourd grondement du tonnerre frappait nos oreilles.

Nos braves coursiers réussirent — grâce à des efforts incroyables — à se tenir à distance du feu; c'est à peine si quelques-uns des hôtes les plus rapides du désert, cerfs, antilopes ou chevaux sauvages, purent nous atteindre et se maintenir à nos côtés pendant cette fuite désespérée.

Tout en galopant, nous voyions tomber tantôt un cheval, tantôt une gracieuse antilope; plus loin, un cerf ou un bison; mais les congénères de ces animaux s'enfuyaient sans songer à autre chose qu'à leur propre conservation, et ils abandonnaient les autres à leur malheureux sort.

Jusqu'alors les forces de nos montures n'avaient pas faibli. L'effroi et l'instinct de la conservation soutenaient leur ardeur et donnaient à leurs jarrets une souplesse extraordinaire. Cependant au bout d'un certain temps, Willie sentit les mouvements de sa monture devenir plus raides : sa respiration lui parut plus haletante, son galop plus allongé. Il était évident que les flammes se rapprochaient rapidement.

— Du courage! En avant! m'écriai-je, quand je m'aperçus qu'il n'était plus à ma proite.

Et mon camarade enfonça résolûment ses éperons dans les flancs de son coursier.

Celui-ci s'enleva par un généreux effort, et nous reprîmes de conserve la direction d'un taillis, ou du moins de quelque chose qui ressemblait à un courant d'eau.

Mais cette ardeur ne dura pas. J'eus, à un moment donné, la douleur de voir le cheval monté par Willie s'abattre et tomber pour ne plus se relever.

La situation était perplexe. Je criai à mon pauvre camarade de monter en croupe avec moi et, quand cela fut fait, je pressai ma monture et nous gravîmes ainsi une sorte de colline qui se dressait devant nous.

O bonheur! Arrivés au sommet, nous aperçûmes à nos pieds, à quarante pas environ, dans le bas-fond, un marécage qui commençait sous un arbre d'une élévation colossale.

Nous mîmes aussitôt pied à terre, et mon ami, pendant que je maintenais mon cheval, s'élança sur l'arbre et découvrit un ruisseau qui jaillissait entre ses racines et allait en serpentant se perdre dans le palud.

La Providence avait guidé notre course vers cet endroit afin de nous délivrer du danger. Le courage de Willie et le mien revinrent à la fois.

Tandis que je traînais mon cheval vers le marécage, mon camarade d'infortune découvrait une anfractuosité de rocher qui pouvait nous servir d'abri : il m'appela et je le rejoignis, tandis que ma monture se vautrait dans une flaque d'eau bourbeuse, comme si elle eût voulut se préserver des atteintes du feu.

Cinq secondes après, nous étions blottis au fond de l'asile humide qui devait nous sauver la vie.

Nous avions plongé nos couvertures dans le ruisseau, et nous attendîmes avec impatience le passage de l'ouragan enflammé.

L'incendie avançait à pas de géant. Aux ténèbres opaques succéda la clarté la plus vive: une pluie de feu vint bientôt s'abattre sur le marécage, et l'arbre qui s'élevait au-dessus de nos têtes fut ébranlé jusque dans ses racines. Un vacarme épouvantable se fit

4

entendre et l'avalanche vivante se précipita en avant.

A droite et à gauche, nous voyions passer des bisons, des chevaux sauvages, des cerfs, en compagnie d'antilopes, de jaguars, de panthères qui s'élançaient les uns par-dessus les autres dans le marécage.

En quelques minutes, cet endroit fut comblé, pour ainsi dire, par un amas de bêtes fauves, aussi loin que nous pouvions diriger nos regards, ce qui n'empêchait pas l'invasion d'autres animaux qui suivaient les premiers et s'efforçaient de grimper sur le dos les uns des autres, pour s'enfoncer à leur tour dans ce bourbier protecteur.

A la première apparition de cette armée d'animaux, Willie et moi, nous avions tiré nos revolvers de notre ceinture et nous nous tenions prêts à défendre chèrement notre vie. Mais les bêtes fauves avaient bien autre chose à faire que de s'occuper de nous. Toutes passèrent outre, sans même faire attention à notre présence.

Peu à peu le nombre des bêtes sauvages diminua. Les traînards hors d'haleine avaient été rattrapés par les flammes, et l'incendie les dévorait.

Les traînées de feu avaient bien passé, courant à la suite des bêtes affolées, mais le ciel était resté embrasé; le vent apportait toujours des bouffées de chaleur suffocante.

Cette torture fut, du reste, de courte durée : un air frais, glacial presque, pénétra dans l'anfractuosité qui nous servait de retraite et nous rendit l'usage de nos sens.

Les flammes avaient disparu, et le jour brillait de nouveau. Mais, hélas! nous étions perdus au milieu d'un océan de désolation.

Aussi loin que la vue pouvait s'étendre, la prairie qui, une heure auparavant, ondulait sous le souffle de la brise, ne présentait plus à nos yeux qu'une surface nue et dépouillée de toute végétation. Ça et là gisaient les corps calcinés d'un grand nombre d'animaux, dont quelques-uns se tordaient encore dans les dernières convulsions de l'agonie.

A l'aspect de ce spectacle émouvant au suprême degré, mon ami et moi nous tendîmes la main, et nous pleurâmes en silence.

Nous nous trouvions dans une passe très-fâcheuse. Qu'était devenu mon cheval? Comment pourrions-nous regagner le campement?

En allant examiner l'endroit où ma vaillante bête s'était abattue, je vis remuer quelque chose à peu de distance. Je m'approchai et, à ma grande surprise, j'aperçus la tête d'un cheval bai-brun qui semblait sortir d'un bas-fond, tandis que son corps était enfoncé dans un fossé rempli de pierres. C'était un cheval sauvage, un étalon d'environ quatre ans, dont les flancs se soulevaient péniblement et qui ne parut pas s'apercevoir de ma présence. Magnifique pur sang, quoique dans un piteux état, l'animal semblait avoir été privé de la vue par la pluie de cendres qui avait passé au-dessus de sa tête.

Je courus immédiatement chercher dans l'anfractuosité du rocher le harnachement de mon cheval, et je bridai et sellai l'étalon sauvage, qui se trouvait dans un état d'épuisement tel qu'il n'offrit pas la moindre résistance.

Willie me laissait faire : le pauvre garçon semblait désespéré; il avait retrouvé le cadavre de mon cheval complètement calciné, et je lui fis comprendre, qu'à part le regret d'avoir perdu un bon serviteur, il ne fallait pas perdre courage. Celui que la Providence

nous envoyait devait le remplacer avanta-
geusement.

J'allai remplir d'eau mon chapeau de
feutre, je ramassai une bonne gerbe d'herbes
fraîches sur le bord de la fontaine, et après
avoir arrosé la tête de l'animal je lui offris à
manger. Mais il refusa de goûter à sa pro-
vende.

Willie m'aida à l'amener près du ruisseau,
et nous l'attachâmes solidement au grand
arbre à l'aide du lazzo que j'emportais toujours dans mes excursions de chasse.

Avant que la nuit fût venue, j'allai aux
provisions. Il n'y avait qu'à choisir autour
de nous. Je dépeçai un grand cerf de deux
ans dont la chair me parut tendre, et nous
en fîmes des grillades qui nous semblèrent
d'autant meilleures que nous avions grand'-
faim.

Notre souper terminé, nous nous arran-
geâmes de notre mieux pour dormir, et nous
nous fiâmes pour être avertis d'un danger —
en cas qu'il survînt — sur notre pauvre
chien, — que j'ai oublié, — lequel n'avait
pas quitté les sabots de notre monture et
s'était prudemment blotti au fin fond du
rocher.

Toutefois, quand le péril avait cessé, il s'était montré et témoignait de sa joie par des aboiements multiples.

Dès que le jour parut, nous allâmes voir ce que devenait notre cheval indompté. La bonne bête mangeait et ne parut pas trop s'effrayer de notre présence.

Il nous fallut deux jours de soins, de tentatives de toute sorte, pour dompter cette monture primitive. Bref, le troisième jour, Willie prit sur lui de compléter son éducation. Il sauta en selle et je le suivis à pied.

Pendant que nous cherchions à nous orienter pour retrouver nos amis, nous aperçûmes une troupe de cavaliers venant dans notre direction.

Etaient-ce des Indiens ennemis, ou bien nos compagnons? Nous ne pouvions le savoir. Heureusement que notre anxiété ne fut pas longue.

La plus grande inquiétude avait régné dans le camp, le soir de notre départ, quand on avait découvert que nous pouvions être englobés par le terrible incendie que l'on voyait à l'horizon. Une vingtaine de Sioux étaient montés à cheval; un de nos amis les avait suivis, et, après le troisième jour de recherchés, ils nous avaient enfin découverts.

Nous étions sauvés.

Notre retour au milieu de nos confrères, sur les bords de la rivière des Pruniers, fut célébré par des cris de joie, car on n'avait pas cru possible que nous eussions pu échapper à la mort!

Une chasse en ballon.

Les Américains poussent l'excentricité au delà de toutes les limites : chasser du haut des wagons d'un *Railway*, attaquer les animaux sauvages dont la force est décuple de celle de l'homme, à l'aide de vêtements couverts extérieurement de pointes de fer, — comme qui dirait un hérisson, — faire avaler à des caïmans ou alligators des morceaux de chair contenant une cartouche explosible, qui communique à l'aide d'un fil de laiton avec une machine électrique mise en jeu de la hutte du chasseur. Tout cela est d'invention yankee.

Après tout ces *tricks*, qu'y a-t-il d'extraordinaire que nos voisins et alliés d'outre-océan aient inventé *la chasse en ballon?* Le tour est bien simple. Au lieu de monter en chemin de fer, on monte dans la nacelle d'un aérostat. A dire vrai, un ballon coûte plus qu'une place par la voie ferrée, mais un hardi Américain ne s'en tient pas à de pareilles bagatelles. Une spéculation de ce genre est une fantaisie qu'il se paie très-volontiers.

Il y a deux mois, le courrier de New-York m'a apporté une lettre dont le contenu m'eût étonné, s'il ne fût pas venu de l'autre côté de l'océan.

Voici ce qui se trouvait dans cette missive. Je copie textuellement :

Deux amateurs d'aérostation, MM. Fergus et Thompson, avaient fait construire un ballon énorme, dans le but de traverser les prairies et de se rendre sur les côtes du Pacifique. Munis de provisions de tout genre, bien lesté de toute façon, les deux amis — *Arcades ambo* — partirent le 9 août de Toronte (Canada), à quatre heures du soir, par un temps superbe.

Les voilà perdus dans l'espace éthéré; mais à la rapidité de leur course, ils comprirent bientôt que la zone atmosphérique dans laquelle ils se trouvaient était favorable à leur projet. Ils allaient, ils couraient, emportés par le courant, et la nuit se passa de la sorte. Quand parut le crépuscule, ils avaient traversé le lac Michigan vers la pointe qui borde Chicago et s'avançaient triomphalement du côté de Péoria.

Vers 10 heures du matin, ils avaient franchi 400 milles et le ballon ne paraissait pas avoir perdu rien de son volume ou de sa force.

Entre Burlington et Monti, MM. Fergus et Thompson aperçurent un village indien composé d'environ deux cents huttes, et, au moment où ils passaient au-dessus de cette tribu de Peaux-Rouges, quelques coups, de rifle furent tirés en l'air par les guerriers qui paraissaient stupéfaits, et prenaient certainement l'aérostat pour un oiseau géant ou un monstre inconnu.

Les *squaws* et les enfants se serraient les uns contre les autres, manifestant la plus grande terreur.

Les deux aéronautes s'étaient empressés de jeter du lest, et ils disparurent bientôt à travers les nuages, car la journée était brumeuse et la pluie tombait au-dessous d'eux.

Vers trois heures de l'après-midi, les deux hardis aventuriers se trouvaient par le travers d'un *canon*, sorte d'entonnoir formé par des montagnes, quand le vent s'éleva ass. z furieux, de telle sorte que le ballon était fort agité et tourbillonnait sur lui-même.

MM. Fergus et Thompson songèrent à atterrir, mais ce n'était pas chose facile. Au moment où ils décrochaient l'ancre appendue à la nacelle, de façon à pouvoir saisir une roche qui retiendrait le colosse, quelle ne fut pas la terreur de ces deux amis en apercevant deux ours grizzly qui, se dressant sur leur train de derrière, faisaient entendre des rugissements vraiment terribles. Sans prononcer une parole, sans s'être même consultés, les deux aventuriers sautèrent sur leurs carabines et deux détonations se firent entendre, qui couchèrent par terre le plus gros de ces deux animaux, tandis que l'autre, qui s'était accroché à l'ancre, se voyait enlevé par le ballon, au moment où les deux Yankees jetaient du lest pour s'enlever.

Malgré ce poids énorme, l'aérostat, au lieu de s'arrêter, s'en allait toujours, entraîné avec la rapidité de l'éclair.

L'ours grizzly éprouvait une peur sans pareille; lui qui ne sait pas ce que c'est que de quitter le « plancher des vaches, » qui aime peu l'eau, ne sentait au-dessous de lui que le point d'appui des deux bras de l'ancre, et entre ses pattes de devant que la corde qui retenait le morceau de fer. Dans toute autre position, l'ancre étant retenue à terre, la corde tendue, l'animal se fût hâté de quitter son refuge et de couper la corde à l'aide de ses dents; mais en ce moment, à 200 mètres du sol, ce moyen de fuir lui était dénié. Il se tenait immobile le plus qu'il pouvait.

MM. Fergus et Thompson mirent fin à cette angoisse, en lui adressant quatre coups de feu, au moment où le ballon se trouvait à 10 mètres au-dessus d'une montagne élevée.

Le grizzly dégringola comme une pierre, et, au même instant, le ballon prit une force d'ascension exceptionnelle.

La nuit était venue, une nuit noire : on ne voyait pas à quinze pas devant soi; et le bruit de la pluie, tombant sur la soie du ballon, énervait les deux voyageurs qui, malgré l'épaisseur de leurs vêtements et leurs couvertures imperméables, se sentaient glacés jusqu'aux os.

L'eau rendait l'aérostat de plus en plus lourd ; aussi les deux voyageurs jetaient-ils du lest, comme le font les prodigues de leur fortune en numéraire.

Dans un moment donné, un des sacs de lest, tenu par M. Thompson, s'échappa de ses mains ; et, à une secousse très-forte, son ami et lui s'aperçurent que le ballon remontait comme un trait à la hauteur de 1 mille.

Ils étaient parvenus dans une atmosphère inondée de la lumière de la lune. L'effet de cet astre, brillant au-dessus de la région des nuages, était d'un pittoresque sans pareil. L'ombre du ballon passait sur les montagnes légères, quoique chargées d'eau, comme un point noir sur des vagues de feu.

Tout à coup le calme se fit. Le ballon descendait : la pluie avait cessé et toute la nature semblait enveloppée dans un voile obscur.

Cet état de chose dura jusqu'au matin ; et quand l'aube revint nos intrépides aéronautes aperçurent, à 100 mètres au-dessous d'eux, un énorme troupeau de buffalos qui paissaient tranquillement l'herbe des prairies.

Ils firent feu et virent rouler par terre deux magnifiques bisons qui se débattaient dans les spasmes de l'agonie.

Le ballon allait toujours avec la rapidité d'un train express.

Enfin, à l'horizon, dans la direction du sud-ouest, un point noir se présenta au bout de la lunette d'approche de M Thompson.

— Hourra! s'écria-t-il, nous sommes sauvés! c'est un des forts militaires de la Confédération américaine. Je le vois là-bas devant nous. En avant! Là, bientôt nous serons arrivés. Nous y voici. Ouvrons la soupape et descendons lentement. Rien ne s'oppose à ce que nous atterrissions ici. Il n'y a pas un arbre aux alentours, aucun lac. Attention, Fergus, attention!

A mesure que le ballon avançait, sa présence avait été signalée par la sentinelle qui veillait le long de la palissade extérieure.

Trois minutes après, tout le détachement de l'armée américaine, baraqué dans cet endroit, sortait du fort et accourait au-devant des aéronautes.

Les cris les plus désordonnés se faisaient entendre : *Hurrah ! Welcome !* etc., etc.

MM. Tompson et Fergus donnèrent les indications nécessaires pour qu'on s'enparât des cordes ; cela fut fait aussitôt et, en moins de temps qu'il n'en faut pour écrire ces lignes, le ballon se couchait sur le côté, tandis que la nacelle touchait le sol.

Les deux *chasseurs en ballon* étaient devant les palissades du fort Leavenworth, sur les frontières du Nebraska.

Je laisse à penser la fête que la garnison fit à ces compatriotes qui leur tombaient du ciel sans crier gare !

Le capitaine William Smith, qui commandait le fort, leur offrit la plus cordiale hospitalité. Il leur promit de regonfler leur ballon avec du gaz qu'il fabriquerait exprès pour eux, en brûlant de la houille que la garnison tirait des mines et qui servait au chauffage du fort et de ses habitants. Ces mines précieuses se trouvaient à peine à une lieue du fort Leavenworth.

Le second jour après l'arrivée des Yankees au milieu du désert, une tribu de Peaux-Rouges qui venait chercher sa redevance en cet endroit et trafiquer avec les chefs

du fort apporta deux magnifiques fourrures d'ours grizzly fraîchement écorchés.
MM. Fergus et Thompson interrogèrent les Indiens au sujet de ces dépouilles. Il leur fut
répondu que les animaux à qui elles appartenaient avaient été trouvés, l'un percé d'une
balle qui lui avait traversé les poumons,
l'autre ayant trois blessures bien apparentes,
mais ayant en outre les membres fracassés,
comme s'il fût tombé de très-haut.

Il n'y avait pas à s'y méprendre, les œux
ours grizzly qui avaient été trouvés par les
Peaux-Rouges étaient les mêmes que les
chasseurs en ballon avaient tués du haut de
leur nacelle. Il était fort diffiicile à nos Yankees de faire comprendre aux Peaux-Rouges
que leur butin ne leur appartenait pas ; aussi
prirent-ils le parti d'acheter les deux peaux
afin d'en être les vrais possesseurs.

Huit jours après, MM. Fergus et Thompson
virent leur ballon se gonfler encore devant
la forteresse américaine. Il fallut deux jours
et demi pour «renflouer» le ballon. Les Indiens qui assistaient à cette opération paraissaient très-intrigués, Mais quand ils virent l'immense globe de soie se tenir debout
oscillant sur les cordes qui le retenaient,

fixées par terre à l'aide d'énormes pierres;
quand ils aperçurent nos deux hardis voyageurs qui avaient fait leurs adieux à leurs
compatriotes, monter dans la nacelle et crier,
à un moment donné : « Lâchez tout! » ils
poussèrent un formidable *wooop!* et se précipitèrent la face contre terre en manifestant
une véritable terreur. Quand ils furent reve-
nus de cette stupéfaction et qu'ils relevèrent
la tête, le ballon parvenait à une hauteur
immense et ressemblait à une petite boule
dans l'espace bleu.

La seconde partie du voyage de
MM. Fergus et Thompson s'opéra au-dessus
des montagnes rocheuses de la Sierra-Nevada,
du pays des Mormons, du lac Salé et des
placeres de la Californie.

Vingt-sept heures après leur départ, ils
atterrirent sur les rives du Sacramento, à
8 milles de San-Francisco. Leur voyage était
terminé. Il leur avait fallu soixante heures
pour accomplir la première partie et qua-
rante-deux pour réaliser la seconde.

Les Yankees sont comme Guzman : ils en
connaissent pas d'obstacles.

Empalé!

La Perse, gouvernée par Mirza Mohamed Khan, tremblait sous la férule de ce despote cruel.

Seul, son frère, Zulma Khan, avait levé l'étendard de la révolte et maintenait son indépendance à la tête des tribus turcomanes dans la province éloignée du Megandejan. Cet illustre rebelle, qui osait braver le pouvoir du shah, avait, à plusieurs reprises, remporté des avantages importants sur les troupes royales, grâce à la bravoure de son fils Zohrab, le héros favori de sa race, la terreur et l'admiration de tout l'empire d'Iran.

Mais Mirza Mohamed ne désespérait pas de vaincre — avec du temps et de la patience — ces ennemis redoutables. Malgré les dangers de la guerre, il trouvait quelques instants pour se livrer aux plaisirs de la chasse et aux fêtes de son palais. Ce n'est pas qu'il prît grand plaisir à toutes ces distractions, mais elles convenaient à son rang. Du reste, les seules passions qui pussent l'émouvoir étaient l'ambition, l'avarice et la vengeance.

Aucun des despotes de l'Asie n'offre réellement dans l'histoire un caractère plus bizarre que celui de Mirza Mohamed Khan. Dès son plus jeune âge, il avait conçu des plans ambitieux accomplis par lui à force de persévérance, en joignant l'artifice à la bravoure, jusqu'à ce qu'il eût dompté tous ses rivaux et saisi d'une main ferme le sceptre de la Perse.

Mirza Mohamed, une fois sur le trône, sut affermir sa domination par le choix habile de ses ministres et de ses généraux. Il parvint à conserver son ascendant sur ses soldats, non-seulement par le charme et la terreur de la puissance souveraine, mais encore par son courage et son mépris de la mollesse.

Despote et tyran dans son palais, il n'était plus que le premier de ses soldats dans le camp, mangeant le même pain qu'eux, partageant toutes leurs fatigues, montrant une sobriété telle qu'il n'avait jamais violé la loi du prophète contre l'usage du vin. Le shah était si dur envers lui-même qu'il avait acquis le droit d'être sévère envers les autres jusqu'à la cruauté.

A l'âge de soixante-trois ans, Mirza Mohamed Khan était si mince de corps que, de loin, on l'eût pris pour un jeune homme de quatorze à quinze ans. Mais son visage imberbe et ridé ressemblait plutôt à celui d'une vieille qu'à celui d'un vieillard.

Comprenant lui-même combien il était laid, il ne pouvait souffrir qu'aucun homme le regardât en face ; il forçait ses plus braves gardes à détourner la tête ou à baisser la vue chaque fois qu'il passait auprès d'eux.

Le supplice auquel il condamnait le plus volontiers ses ennemis était celui du pal, horrible holocauste qui consistait et consiste encore, dans la Perse et dans quelques pays de l'Orient, à embrocher les condamnés comme des poulets, en ayant soin de coudre le corps sans atteindre les parties vitales. L'infortuné patient était ensuite exposé à l'ardeur du soleil et aux piqûres des mouches, car on lui enduisait le visage de miel ou de sucre. Bien souvent il ne mourait que six à douze heures après avoir été empalé.

Une autre supplice favori de Mirza Moha-

med était de faire crever les yeux à ses
ennemis; témoin les sept mille aveugles de
Veruran, dont quelques-uns sont encore, de
nos jours, les monuments vivants de sa bar-
barie inexorable.

Un matin, au lever de ce souverain
despote, on venait de prendre ses derniers
ordres pour une grande chasse qui devait
avoir lieu le jour même.

Près du shah se tenait son vizir Hadji-
Ibrahim, qui passe encore en Perse pour le
modèle des politiques profonds et cependant
humains. Cet homme intègre se retira après
avoir parlé à son souverain d'affaires plus
importantes que la chasse dont il allait s'occuper.

A Ibrahim succéda un être difforme qui
jouissait de la faveur la plus intime de
Mirza Mohamed. C'était un bossu, nommé
Gougon, qui remplissait les fonctions de fou
de la cour.

Vint ensuite le neveu du shah, jeune
homme d'une beauté remarquable, qu'on
nommait Fatteh-Ali et qui était désigné
comme le successeur au trône de Perse.

Mirza Mohamed aimait ce jeune homme
autant qu'un despote aime son héritier.

D'autre part, comme il n'avait pas le cœur assez froid pour être tout à fait incapable d'affection, le shah chérissait surtout sa nièce, la belle Amina, sœur de Fatteh-Ali.

Il s'occupa d'abord d'elle et c'est en sa compagnie qu'il avait l'intention d'aller se reposer lorsque la chasse serait terminée.

— Fatteh-Ali, dit Mirza Mohamed à son neveu, j'ai ordonné qu'on portât les tentes du harem près de Firouza-Bad; c'est en cet endroit que la chasse sera terminée et que ma nièce nous attendra ce soir. Partons! ·

Sur ces paroles le shah se mit en route avec son équipage et son cortége. On parcourut un long espace de chemin et l'on pénétra enfin dans les gorges des montagnes de Memzaderan, dont les cimes sont les plus élevées de toute la Perse, et dont les roches noires et tailladées de toutes les formes semblent défendre aux hommes d'approcher.

Tout à coup un cri aigu se fit entendre, qui fut répété de différents points dans l'intérieur des gorges du Memzaderan.

—*Gour Khur! Gour Khur!* (L'âne sauvage!) Et en effet on aperçut deux ou trois de ces animaux qui paissaient tranquillement au fond d'un ravin, sans faire en apparence aucune attention aux ennemis dont ils étaient entourés.

Le chef de la chasse était accouru, hors d'haleine, près de son souverain, en oubliant quelque peu l'étiquette, pour l'informer de la découverte de ces quadrupèdes. Il venait aussi le guider vers l'endroit où l'on devait pousser les ânes, afin de se servir contre eux des divers relais de chiens postés dans les montagnes, sans lesquels on eût espéré inutilement lasser l'énergique activité de ces animaux indomptables.

Le shah se laissa diriger sans perdre une minute.

Son grand veneur, avec une adresse patiente, parvint à tourner les ânes sauvages du côté du vent; et quand il se trouva à deux cents mètres d'eux, il lâcha deux des plus forts et des plus agiles lévriers qu'il tenait en laisse.

A peine les ânes eurent-ils entendu le bruit de la chasse qu'ils dressèrent les oreilles, la crinière qui ornait leur cou se hérissa, et, comme pour essayer leur souplesse, ils bondirent à quelques pas plus loin, puis s'arrêtèrent, partirent de nouveau, s'arrêtèrent encore, et enfin firent face aux chiens et, par une espèce de défi, les laissèrent approcher à quelques pas.

A ce moment, ils s'élancèrent tout à coup et disparurent avec une inimaginable rapidité.

Ayant mis entre eux et la chasse une distance considérable, les *Gour Khur* semblèrent défier ceux qui les poursuivaient: on les vit s'arrêter et même brouter l'herbe; puis ils recommencèrent à fuir, toujours avec le même succès.

Ce fut alors qu'on put remarquer l'intrépidité bien connue des cavaliers persans. Aucune colline, quelque escarpée qu'elle fût, aucune descente, malgré sa rapidité, ne pouvaient les arrêter. Ils poussaient leurs chevaux par-dessus tous les obstacles et tenaient pied aux chiens avec une incroyable assurance.

Parmi les plus avancés, on distinguait le shah lui-même, l'œil ardent, brandissant d'une main son fusil géorgien et guidant de l'autre son coursier avec une adresse sans égale et une vivacité digne d'un chef des montagnes.

Après le shah venait le jeune prince, son neveu, insouciant de tout danger, ne pensant qu'à être le premier à l'hallali et fort triste de ne pouvoir précéder son oncle. Lui aussi avait pris son fusil entre les mains, car les ânes sauvages ayant gravi les sommets de la montagne, il avait plus de chance de les atteindre avec une arme à feu qu'avec un javelot.

Déjà les ânes avaient été chassés par deux relais sans donner encore un signe de lassitude. Ils avaient amenés les chiens au faîte des pics les plus escarpés, où trois ou quatre chasseurs seulement osaient les suivre; les autres restaient en arrière et cherchaient à tourner les ravins et les rochers. Mais le lieu de la scène était si bien disposé que ce spectacle pouvait être aperçu de tous.

La chasse semblait enfin suspendue lorsqu'on vit un de ces infatigables quadrupèdes se poser sur l'extrême bord d'un rocher qui se découpait en triangle sur l'azur du ciel.

En ce moment, un coup de feu retentit; l'animal n'avait pas été atteint. Une seconde après éclata un autre coup, et cette fois l'animal puni de son orgueil, bondit de roc en roc et vint rouler presque aux pieds du shah lui-même.

Plus de cinq cents voix se firent entendre

aussitôt en prononçant une acclamation immense que les échos répétèrent dans toutes les montagnes.

Mieux eût valu que celui qui excitait l'admiration générale se fût abstenu de cet exploit.

Tout à coup la voix de Mirza Mohamed arriva aux oreilles de ses sujets.

— Quel est l'audacieux qui a osé tirer ainsi ?

Fatteh-Ali, la tête basse, pouvant à peine retenir son arme dans ses mains tremblantes, atterré en un mot au milieu de sa joie, avoua sa culpabilité par son silence.

A l'instant, Mirza Mohamed ordonna à deux de ses guides de s'emparer du jeune homme. La colère du despote éclata violente, sans pareille.

— C'en est trop ! Cet enfant est un aspic réchauffé dans mon sein. Son audace mérite une punition exemplaire ! Si je n'écrasais ce reptile dans son œuf, il me renverserait un matin du trône des Paddishahs.

Nul parmi les chasseurs n'osait élever la voix en faveur de l'imprudent Fatteh-Ali ; aussi le retour à Téhéran fut-il triste et silencieux.

A peine rentré dans le palais, Mirza Mohamed manda près de lui Fatteh-Ali. Le shah, assis dans un coin sur des coussins moelleux, ressemblait assez à un reptile venimeux replié sur lui-même et prêt à fondre sur sa proie timide.

Le neveu, qui comprenait que sa vie était en danger, se jeta aux pieds du souverain son oncle.

Celui-ci, sans se laisser émouvoir, prit à côté de lui, sur un escabeau de bois de santal incrusté de nacre, un coffret en citronnier qu'il ouvrit sans mot dire, et d'où il tira un vieux mouchoir taché de sang.

— Vois-tu ce *corah* ! dit Mirza Mohamed à son neveu.

Le jeune Persan baissa la tête.

— Sais-tu de qui est ce sang? Non. Eh bien, c'est celui de ton père !

L'horreur de Fatteh-Ali se manifesta par un tremblement convulsif.

— Il était aimable et imprudent comme toi, continua le shah ; il devint ambitieux et rebelle. Je surpris ses projets et je le fis empaler. Tu as agi comme lui, malheureux ! tu voulais t'emparer de mon trône, tu mourras comme ton père.

— Pitié! s'écria Fatteh-Ali.

— Qu'on l'emmène! hurla le despote, et que demain au point du jour mes ordres soient exécutés sur la place du pa'ais.

On fut obligé d'emporter hors du harem l'infortuné qui s'était évanoui. Il ne revint à lui que fort tard dans la soirée, pour mieux comprendre l'horrible situation qui lui était faite.

Tandis que ceci se passait, la nouvelle de la condamnation de Fatteh-Ali était parvenue aux oreilles de sa sœur.

Amina courut se jeter aux pieds du cruel tyran, qui refusa de la recevoir, et s'enferma au fond le plus retiré de ses appartements.

Le *chiaoux* avait été prévenu : ce bourreau de la Perse devait s'occuper des préparatifs du supplice. Une longue et solide tige de fer, semblable à un paratonnerre, fut apportée par ses soins sur le lieu désigné du supplice, et il dressa une sorte de barrière tout autour de l'échafaud pour empêcher la populace de s'approcher trop près du pal.

Dès que l'aube parut, le pauvre Fatteh-Ali, qui n'avait pu fermer les yeux, fut extrait de la cellule qu'il avait occupée dans la prison de Téhéran, et amené par une

garde imposante sur le lieu où il devait être
sacrifié.

— Grâce! grâce! criait-il le long de la
route.

Mais plus il implorait la pitié, plus ceux
qui l'écoutaient se refusaient à lui montrer
la moindre compassion. Ces courtisans sujets
craignaient que l'on suspectât même leur
pensée, tant ils redoutaient d'être désagréa-
bles au sublime shah.

Fatteh-Ali se résigna à mourir.

— Tue-moi promptement, dit-il à l'oreille
du chiaoux.

Mais celui-ci avait des ordres. Il faut,
comme nous l'avons dit, quand le bourreau
persan empale un condamné à mort, qu'aucune des parties vitales ne soit lésée par
l'introduction du fer dans le corps. Or, il est
de l'habileté du bourreau d'embrocher le
patient par le côté du ventre et de faire
pénétrer la broche épouvantable dans la
poitrine, sans qu'elle touche au cœur et aux
poumons, et il faut que la broche ressorte
par le cou sur l'un des côtés de l'épine
dorsale. Il est peu de chiaoux qui aient assez
d'habileté pour arriver à un résultat pareil :
celui qui remplissait ces fonctions sous le

règne du grand shah Mirza Mohamed passait pour très-adroit.

Nous renonçons à raconter de quelle horrible façon fut accomplie l'exécution inhumaine de Fatteh-Ali.

Tout d'un coup la foule put voir l'infortuné redressé, la tête en l'air; ses cris n'avaient pas cessé depuis le commencement du supplice. Pour comble de raffinement de cruauté, le visage de Fatteh-Ali fut badigeonné de miel, et il demeura exposé toute la journée, par une chaleur torréfiante, aux incessantes piqûres des mouches qui lui dévoraient les joues, la bouche, les yeux, le nez et les oreilles.

La nuit vint, et la foule, qui avait peu à peu déserté le lieu de l'exécution, se retira dans ses maisons respectives.

Il ne resta plus, au pied de l'échafaud, qu'un soldat chargé de veiller sur le martyr, dont la voix s'éteignait peu à peu, mais que la vie n'avait pas encore abandonné.

A un moment donné, le soldat s'endormit, et l'on eût pu voir émerger d'une des portes du palais une femme qui s'avança à pas légers du côté de l'endroit où Fatteh-Ali agonisait.

Quand elle fut près de l'échafaud, elle se

précipita sur le moribond et lui planta har-
diment un poignard dans le cœur.

— Merci, Amina ! avait murmuré Fatteh-
Ali au moment où celle-ci levait le couteau.

— A mon tour ! s'écria la jeune fille qui
se frappa en pleine poitrine et tomba morte
sur les planches aux pieds de son frère. Le
soldat n'avait rien vu et n'avait par consé-
quent rien pu empêcher.

Mirza Mohamed le despote se repentit —
trop tard, hélas ! — d'avoir été aussi cruel.
Mais le misérable shah n'avait pas d'entrailles, et il oublia vite, au milieu des
plaisirs, son neveu et sa nièce. L'ambition
avait atrophié le cœur de ce tyran.

Les Gauchos.

TYPES ET MŒURS DE LA RÉPUBLIQUE ARGENTINE

Partis avant le jour de Buenos-Ayres,
nous naviguions depuis quinze à seize
heures entre les rives monotones du Parana.
Seuls, jusqu'alors, de nombreux oiseaux
aquatiques, hérons, cigognes, ibis perchés

les pieds dans l'eau sur les bords du fleuve, et s'enlevant à notre approche et quelques troupeaux de bœufs et de chevaux entrevus au loin avaient animé le paysage. La nuit tombait, et ses ombres commençantes, estompant les rivages maigrement boisés, augmentaient encore l'impression de mélancolie causée par cette nature déserte et désolée, quand, à notre droite, on signala une habitation devant laquelle quelques êtres humains étaient groupés.

La cabane, faite de troncs d'arbres dont les intervalles sont bouchés avec de la terre desséchée, est couverte d'un toit de roseaux. Près de la masure est amarré un vieux canot qui, par son air misérable, s'harmonise parfaitement avec elle. Plus en harmonie encore sont les habitants.

Ils sont une dizaine environ. — En considérant, à la lueur douteuse du crépuscule, leurs longs cheveux, leurs barbes incultes, leurs yeux noirs brillants dans l'ombre de chapeaux de feutres informes, les haillons dont ils sont couverts, nous ne pouvons nous défendre de mesurer avec satisfaction la distance qui sépare notre navire de la rive et de nous féliciter d'être en nombreuse compagnie.

Autour d'eux, quelques oiseaux de basse-cour, parmi lesquels nous remarquons un héron privé, picorent en liberté; plus loin, apparaissent les têtes de plusieurs chevaux qui ont cessé de brouter au bruit de notre passage, et, comme leurs maîtres, nous suivent d'un œil curieux.

Tels nous apparurent pour la première fois les *gauchos*, les habitants de ces plaines immenses et presque désertes, qui constituent la plus grande partie du territoire de la République argentine

Vivant dans leurs misérables cabanes, appelées *ranchos*, auprès desquelles nos plus pauvres masures françaises sembleraie..t confortables, souvent distantes les unes des autres de plusieurs lieues, ils ont pour profession la garde d'immenses troupeaux de bétail presque sauvage. Quelques-uns vivent en famille ; d'autres, à cause du grand nombre d'animaux confiés à leur surveillance, sont obligés de s'associer plusieurs compagnons; d'autres enfin vivent absolument seuls, n'ayant pour société qu'un ou deux chiens de garde et autant de chevaux.

Au point de vue moral, le *gaucho* a beaucoup d'analogie avec son frère le Mexicain. Moins connu que celui-ci, qui, grâce à une guerre malheureuse pour nous et aux romans du capitaine Mayne-Reid, de Gustave Aymard et de nombreux auteurs aimés de la jeunesse, a conquis chez nous une véritable popularité, l'habitant des pampas serait cependant tout autant digne d'inspirer l'intérêt.

Vivant d'une vie presque sauvage, courageux, turbulent, sans cesse agité par quelque mouvement insurrectionnel, cavalier intrépide, avec son large couteau qui, pendu derrière sa ceinture, est toujours prêt à passer à sa main, il réunit toutes les qualités exigées d'un héros de romans d'aventures.

Comme l'Arabe, le *gaucho* est avant tout cavalier. L'abondance des chevaux en met la possession à la portée des plus pauvres, et, sans leur secours il serait impossible à l'homme de franchir l'immensité des pampas et de surveiller les troupeaux qui les parcourent en liberté.

Aussi, avant presque qu'il sache marcher, le gaucho juche son petit sur une selle. A l'âge où, dans nos pays, des parents hésiteraient à confier leur progéniture au dos du plus paisible bourriquet, on rencontre, dans le *campo*, des enfants surveillant, tout seuls, à cheval, d'immenses troupeaux de moutons, réalisant ainsi le vœu du berger de la fable devenu roi.

Si courte que soit la course qu'il ait à faire, le *gaucho* la franchira à cheval. Nous en avons vu un qui avait imaginé un système fort compliqué et fort ingénieux pour tirer de l'eau d'un puits sans quitter sa selle. Ayant à embarquer dans un canot de petits fagots rassemblés en tas à vingt-cinq ou trente pas au plus du rivage du fleuve, un autre se livrait à ce manège : il prenait cinq ou six fagots sous son bras, montait à cheval, allait les jeter dans le canot, revenait au tas, mettait pied à terre, reprenait une nouvelle charge pour la porter de nouveau et ainsi de suite ; travail qui eût semblé à n'importe lequel de nous beaucoup plus pénible que d'aller tout simplement chercher son bois à pied.

Il n'existe cependant pas entre le *gaucho* et sa monture l'attachement proverbial qui lie l'Arabe à son coursier. Tout cheval lui est bon, pourvu qu'il réunisse les qualités de force et de vitesse nécessaire; d'une brutalité extrême avec lui, il n'hésite pas à le changer contre un autre, sitôt qu'il ne peut plus lui donner ce qu'il se croit en droit d'en attendre. Cependant — détail caractéristique — rien au monde ne pourrait décider un Argentin à enfourcher une jument. Un cavalier, rencontré sur une pareille monture, serait perdu de réputation et se verrait l'objet des huées des passants.

Les courses de chevaux sont, on le comprendra, le divertissement par excellence des Argentins, passionnés d'ailleurs pour le jeu comme les Mexicains. De vingt lieues à la ronde on s'y donne rendez-vous; et si la course en elle-même, qui n'est qu'une lutte de vitesse entre deux cavaliers seulement sur un parcours assez restreint, est loin d'offrir l'attrait de nos courses de Longchamps ou de Chantilly, elle procure au moins à l'observateur l'occasion de voir une réunion à peu près complète de tous les types du pays. Tous les âges, depuis le bambin de quatre à cinq ans, suivant gravement son père et conduisant son cheval en véritable écuyer, jusqu'au vieux *gaucho* à barbe blanche, qui vient retrouver là quelque

étincelle des ardeurs de sa jeunesse ; tous
les rangs de la société, depuis le pauvre
péon dont la chemise en loques laisse voir
la peau basanée, jusqu'au riche *estanciero* à
la large ceinture constellée de pièce d'or et
d'argent et dont le *puncho* de laine de vigo-
gne est rayé des plus brillantes couleurs.
Tel n'a qu'une corde de cuir en guise de
rênes, un morceau de tapis en guise de selle ;
tel autre, monté sur une bête parée d'un
splendide harnais recouvert de plaques d'argent, est campé fièrement sur une couver-
ture multicolore, et le bout de sa botte, sur
la tige de laquelle certains élégants font bro-
der leur nom, passe dans des étriers d'une
forme bizarre et en argent massif.

Quelques amazones en robes roses, jaunes
ou bleues, la tête couverte de la mantille de
dentelle noire, s'abritant du soleil avec un
éventail, complètent le tableau.

Sur les chevaux qui courent, des paris
sont engagés absolument comme sur nos
turfs ; mais les fonds sont, pour plus de sû-
reté, déposés à l'avance en mains sûres. —
C'est le meilleur moyen pour éviter un trop
grand nombre de querelles. Néanmoins, il y
en a toujours quelques-unes et rien au

monde ne pourrait donner une idée des cla-
meurs et des gesticulations furibondes qui
accompagnent immanquablement la conclusion des paris. — Heureux si l'on s'en tenait toujours aux gestes et aux cris ! Malheureusement il est bien rare que, le soir
des courses, la boisson s'en mêlant, les *po-
sadas*, qui regorgent de consommateurs, ne
soient pas le théâtre de quelque duel au
couteau.

Le couteau fait d'ailleurs partie intégrante
du costume : le *gaucho* va quelquefois à
pied, rarement il est vrai, mais il ne va jamais sans son large couteau passé derrière
sa ceinture. Cependant nombre de règlements de police en interdisent le port, et ce
n'est pas sans raison, témoin cette anecdote :

Quelques-uns de nos compagnons de
voyage, en excursion, parcouraient au petit
galop les rues de Zarate, bourgade cons-
truite sur la rive gauche du Parana de las
Palmas, quand ils se virent tout-à-coup entourés de *vigilants* (gardiens de la paix du
pays) qui leur intimèrent l'ordre de mettre
pied à terre et de les suivre chez le juge de
paix de la localité. — A leur bien légitime
surprise, ce magistrat leur apprit qu'ils

6

avaient encouru une amende de 60 piastres
(12 francs).

Et comme ils se récriaient :

— Voici, leur dit-il, pourquoi il est inter-
dit de galoper dans les rues de Zarate. Depuis quelque temps, il ne se passait pas de
semaines, pas de jours, pour ainsi dire, où
quelques crimes ne fussent commis par les
gauchos. Possédant des chevaux très-dociles
et admirablement dressés, ils les arrêtaient
au milieu de la rue, descendaient se placer à
une petite distance et, quand venait à passer
quelqu'un ayant une chaîne ou une montre
de quelque prix, lui arracher ces objets, bon-
dir à cheval et partir à fond de train, après
avoir le plus souvent gratifié le volé d'un
bon coup de couteau, était pour eux l'affaire
d'un instant. Voilà pourquoi, ajouta le juge,
nous infligeons une amende aux cavaliers
qui galopent. De plus, si les délinquants sont
trouvés porteurs d'armes, l'amende monte
considérablement (12 ou 15,000 francs).

Il se passera bien du temps, malgré tous
les arrêtés imaginables, avant que le couteau
disparaisse des mœurs des *gauchos*. Son
maniement leur procure tant d'agrément que
d'aucuns vont jusqu'à jouer, entre amis, une

bouteille au premier sang, comme chez nous
on la jouerait en *cinq sec.*

En parcourant ces immenses plaines désertes où l'action de la police ne peut point
s'exercer, il est urgent d'ailleurs d'avoir sur
soi de quoi se faire respecter au besoin. —
Les mauvaises rencontres sont fréquentes et
il est bon de se défier toujours du passant.
Chacun ne manquera pas de vous saluer
avec une formule qui varie suivant l'heure :
buenos dies, avant midi ; *buenas tardes*,
après-midi ; *buenas noches*, le soleil étant
couché ; politesse que l'on doit rendre. —
Mais si après il vous demande l'heure, dites-
la-lui de loin ou affirmez que vous n'avez
pas de montre ; s'il vous demande du feu,
posez les allumettes à terre pour qu'il vienne
les prendre quand vous vous serez éloigné :
un coup de couteau est si vite reçu !... Voilà
du moins les conseils que nous donnaient
ceux des fils du pays avec lesquels nous
nous trouvions en rapport. Le directeur du
télégraphe de la ville devant laquelle était
mouillé notre navire, fort aimable jeune
homme de vingt ans, prêchait par l'exemple. — Lors du carnaval, dans un bal mas-
qué improvisé, où il se livrait à une danse

des plus échevelées, revêtu d'un costume de paysan normand fort drôle, il nous fit voir la crosse d'un énorme revolver passé dans la ceinture de son pantalon, et que dissimulait sa veste, en nous disant :

— On ne sait pas ce qui peut arriver !

D'ailleurs l'état pour ainsi dire constant d'insurrection dans lequel vit ce pays, sans cesse en proie aux luttes de trois ou quatre partis différents qui se précipitent à tour de rôle du pouvoir, est merveilleusement propre à entretenir ce désordre. Tandis que depuis 1874 se maintient le gouvernement du président actuel, s'appuyant sur deux éléments dont la réunion ne semble promettre que de faibles garanties de solidité, le parti clérical et le parti démocratique avancé, s'agitent sourdement le parti conservateur et unitaire nommé « mitriste », du nom de son chef le général Mitre, battu aux élections de 1874, et une troisième faction réclamant l'autonomie absolue de certaines provinces et dont le chef Lopez Jordan, qui venait de faire une levée de boucliers dans l'Entre-Rios, était, quelques jours avant notre arrivée dans le pays, tombé aux mains des soldats du gouvernement. La façon dont

s'est opérée cette capture est caractéristique
et vient parfaitement à sa place ici en qualité de trait de mœurs argentines.

Aussitôt que le gouvernement eut appris
à Buenos-Ayres la nouvelle du soulève-
ment, il promit une récompense à celui qui
parviendrait à s'emparer du chef de l'insurrection. Or, dans les courses qu'il faisait
pour recruter des adhérents, Jordan s'arrêta
chez un de ses amis, alcade, c'est-à-dire
maire d'une ville de l'Entre-Rios, et lui demanda l'hospitalité pour une nuit, ce qui lui
fut accordé avec empressement.

Pendant le sommeil de son hôte, l'alcade
se lève, va chercher quelques soldats, les
introduit chez lui, s'empare de Lopez Jordan
et l'amène triomphalement à Buenos-Ayres.

Cette belle action a été récompensée d'une
prime de 10,000 francs. Chacun des soldats,
ayant participé à la prise, reçut pour sa
peine 200 francs.

On comprend qu'un pareil état de choses,
qui est pour ainsi dire l'état normal du pays,
a pour principale conséquence le manque
absolu de sécurité pour les personnes et les
propriétés, et est un obstacle infranchissable
au développement commercial et industriel

auquel la République argentine a le droit
de prétendre.

Je n'aurais tracé qu'une silhouette bien
incomplète du sauvage habitant de la pampa
si, après le cheval et le couteau, je n'avais
parlé du *lasso*, son troisième compagnon in-
séparable.

Tout le monde a entendu parler du lasso :
c'est une corde de cuir tressé dont la longueur varie de 20 à 30 mètres, se terminant
à une de ses extrémités par une boule qui
permet de la fixer à la selle du cheval et à
l'autre par un anneau de fer qui forme
nœud coulant.

C'est à la fois un outil et une arme entre
les mains du *gaucho* dont l'adresse à le ma-
nier est prodigieuse.

C'est un outil quand il sert à capturer les
bœufs et les chevaux sauvages dont les troupes immenses constituent la principale richesse du pays.

C'est encore un outil dans cet usage qu'en
a vu faire un de mes amis, capitaine au long
cours, lors d'un naufrage qu'il fit dans la
Plata : attirés en grand nombre sur le rivage
par l'espoir du pillage, des *gauchos* poussaient leurs chevaux dans l'eau et, au

moyen du lasso, s'emparaient des épaves qui flottaient sur les vagues sous les yeux du malheureux capitaine, qui ne pouvait cependant s'empêcher d'admirer l'adresse de ses voleurs.

C'est encore un outil dans ce jeu qui peint bien le caractère intrépide de ces hardis cavaliers: les joueurs sont au nombre de deux, l'un armé d'un lasso, demeure immobile, tandis que l'autre, prenant du champ, passe ventre à terre devant lui. Le premier doit, au passage, saisir un des pieds du cheval qui alors roule dans la poussière. Si le cavalier démonté se retrouve debout à côté de sa bête, les rênes passées au bras, il a gagné; dans le cas inverse, c'est son adversaire. — On joue ainsi une bouteille de vin.

Le lasso devient une arme et une arme terrible dans la main de l'écumeur de la pampa. Saisir au cou sa victime par le nœud coulant, en passant auprès d'elle au triple galop, et la traîner sur le sol jusqu'à ce que, étranglée, brisée, elle ne soit plus qu'un cadavre, est pour lui un jeu.

Si, prévenu par le sifflement de la corde qui se déroule, le malheureux a pu juger du

danger, il a encore une ressource : le couteau.
Sitôt saisi, il coupera le lasso et le cavalier
n'aura plus dans sa main qu'une corde inutile. Le couteau est la seule riposte au lasso,
et c'est pour cela qu'on ne les voit pas l'un
sans l'autre.

Voici un tableau bien sombre pour clore
cette série de croquis; mais heureusement
ces mœurs sauvages et d'un autre âge sont
fatalement condamnées à disparaître. Quand
ce pays, où se perdent journellement tant et
de si grandes richesses, sera devenu ce qu'il
doit être, un des marchés de viandes du
vieux monde, on ne tardera pas à voir le
travail et la moralité s'établir là où, pour le
moment, ne règnent que la paresse et les
mauvais instincts, et ce ne sera pas un des
moindres bienfaits de l'industrie et de la
science qui sont les deux grandes sources
d'où doit se répandre la prospérité sur le
genre humain.

Un combat entre ciel et terre.

Une chaîne immense de montagnes traverse l'Amérique méridionale dans toute son

étendue, du nord au sud, le long des côtes baignées par le Grand-Océan, à partir de l'isthme de Panama jusqu'au détroit de Magellan, sur une longueur d'environ 1,700 lieues. La largeur de cette chaîne varie de 20 à 40 lieues et sa hauteur moyenne est de 2,400 toises.

Cette « continuation » de montagnes reçoit différents noms suivant les contrées qu'elle traverse : au Chili, c'est la « Cordillière royale des Andes » ou la « grande Cordillière ». C'est sur ces montagnes ardues que se trouvent le plus de neiges éternelles et de volcans en activité de service. Dans ce nombre, on cite le Chimborago, dont la hauteur est de 3,950 mètres au-dessus du niveau de la mer. C'est dans la Colombie que sont situées les cimes les plus élevées.

Le faîte des Andes n'a point d'arêtes étroites comme celui des chaînes européennes : il présente au contraire des plateaux immenses, couverts de villages où la culture est des plus opulentes. Les vallées, plus profondes et plus étroites que celles des Alpes et des Pyrénées, offrent aussi des scènes plus sauvages et sont d'ordinaire entrecoupées de ruisseaux qui, avec le temps, se sont creusé des lits de 20 à 25 pieds de profondeur et de 1 pied à 1 pied et demi de largeur.

On marche en frémissant à travers ces crevasses cachées souvent sous une épaisse végétation. Il faut suivre des sentiers pleins de trous à tro‹ ou quatre pieds de profondeur et traverser des torrents à la nage ou sur des ponts formés par des câbles de roseaux jetés d'une rive à l'autre; il y a encore le hamac de cuir qui parfois vous entraîne jusqu'au fond de l'abîme... lorsque la corde casse.

Les habitants du Chili sont de race espagnole. Jusqu'au règne de Napoléon 1er, ils étaient restés soumis à la métropole péninsulaire; mais pendant la guerre que le roi Ferdinand eut à soutenir contre les généraux de l'armée de l'empereur, ils pensèrent avec raison que le moment était venu pour eux de s'affranchir et de se déclarer indépendants.

En 1818 seulement, le général Saint-Martin — qui guerroyait depuis neuf ans contre les troupes espagnoles — parvint à les battre définitivement dans la plaine de Muyro, et peu de temps après le Chili ne comptait plus parmi les colonies de « toutes les Espagnes ».

C'est depuis 1892 environ que le Chili a joui de la paix et de la tranquillité indispensables à la prospérité d'une nation.

Les calamités causées par de longues perturbations civiles, les désastres produits par de terribles inondations et par des tremblements de terre ont, jusqu'à présent, retardé l'essor de la nouvelle République du Chili ; mais, à cette heure, les rouages du gouvernement marchent avec ensemble, et l'avenir est à cette contrée équatoriale qui ne demande qu'à se civiliser.

Il y a loin de notre époque à celle où le compagnon de Pizarre — don Diego d'Almagro — parvint à soumettre ce pays à la domination espagnole en 1580, sous le règne de Charles-Quint. Ce grand territoire, qui est de 21,000 lieues carrées, touche, au midi, à la terre des Patagons ; à l'est, au Paraguay ; au nord, à la Bolivie, et à l'ouest, à la mer Pacifique.

Au centre des Cordillères se dresse le Chimboraço, qui forme le point culminant du globe, et qui est entouré de vingt-six autres volcans en pleine activité, couverts

de neiges éternelles qui touchent aux nuages
recouverts d'une végétation aussi vigou-
reuse que variée. Il n'est pas de pays au
monde où la terre soit plus féconde et où
les plantes, les arbres et les fleurs de l'Europe se propagent avec autant de rapidité.

De nombreux torrents arrosent le territoire chilien : alimentés par les neiges des
Andes, ils descendent rapidement des hauteurs et courent tous, en suivant une même
direction, de l'est à l'ouest, pour se précipi-
ter dans l'océan Pacifique.

C'est pour voyager et se rendre d'un point
à un autre que les habitants ont inventé les
ponts suspendus de lianes, et les bacs
aériens, qui se promènent au-dessus des
précipices et des torrents et roulent sur une
poulie, d'un côté à un autre.

Les fermiers chiliens surtout emploient ce
mode de passage et ont multiplié les cordes
et les lianes sur tous leurs défrichements.
Nul n'est plus ingénieux que les colons du
Chili ; ils sont hardis, courageux et labo-
rieux à l'excès.

L'agriculture pratiquée par eux est, dans
ses procédés, d'une simplicité primitive.
Lorsque ces bons *haciencéros* — dont les

domaines ne sont généralement limités que
par des frontières vaguement établies —
veulent livrer un champ à la culture —
ils commencent par mettre le feu aux
arbres et aux bruyères qui en couvrent
la surface ; puis ils façonnent des charrues
avec deux branches d'arbre dont l'une fait
l'office de soc, tandis que l'autre sert de ma -
che. Ils remuent ensuite superficiellement
le sol, y sèment le grain, le hersent avec un
fagot d'épines qu'ils promènent à l'aide
d'une corde, et le champ ne les revoit plus
qu'au moment de la récolte. Dès que la mois-
son est mûre, on coupe les épis et on les
étend sur la terre durcie. Puis on les fait
fouler aux pieds par une troupe de chevaux
et de juments qu'on lance au galop et qui
sont maintenus par de grandes courroies.
Lorsque le blé est décortiqué, on l'ensache
dans des peaux de bœuf cousues en forme de
sac, que l'on transporte à la ferme, après
avoir payé au curé — le *padre* — la dîme
qui lui est due par l'usage.

L'occupation principale des fermiers chiliens est l'élève du bœuf. La tuerie de ces
animaux est une fête pour les propriétaires
et leurs amis, et voici comment on procède.

Chaque fermier choisit dans son troupeau les bêtes qui lui semblent bonnes à tuer et les enferme dans un enclos près de l'étable. Comme pour une chasse, on procède au sacrifice de ces animaux. Des *gauchos* — lanceurs de *lassos* — à cheval, tenant leurs cordages garnis de *bolas* en main, se hissent sur leurs selles et se rangent vis-à-vis d'une escouade de gens à pied qui forment une sorte de haie pour mieux voir.

Dès que chacun est à son poste, on lève les barreaux de l'enclos pour en faire sortir un bœuf qui s'élance dehors avec impétuosité.

A l'aspect des *lassos*, l'animal, saisi par une peur instinctive inspirée par les *bolas*, veut fuir, mais on ne lui en donne pas le temps. Son cou, ses cornes, ses jambes sont entourés de cordes qui les enserrent comme entre des étaux. Le bœuf tombe aussitôt sans se débattre, et on le frappe à mort avec un couteau. Cela fait, quand il ne bouge plus, on le dégage de ses étreintes et on le transporte hors de l'arène, dans laquelle paraît aussitôt une autre victime. Un de ces animaux parvient-il à s'échapper il est aussitôt poursuivi par un cavalier qui, armé d'une sorte de faux appelée *luna* — à cause de sa forme en croisant — lui coupe les deux jarrets et l'abat.

Les riches *haciendéros* font ainsi tuer des centaines de bœufs à la fois, et les cornes, la peau, le suif, la chair découpée en lanières et séchée au soleil sont une des branches les plus productives de leur revenu.

Les *matadors* de bœufs forment, au Chili, une confrérie qui se rend de ferme en ferme pour procéder à ces boucheries. Ils voyagent tantôt seuls, tantôt en compagnie, et il leur faut souvent franchir de grandes distances pour rejoindre l'endroit où le « travail » doit se faire.

Il y a dix mois, un de ces « tueurs de bœufs » venait d'achever son ouvrage à la *casa* Alfarés, située à dix lieues de Santiago, au pied des Cordilières, et il partit un matin avant l'aube, emportant avec lui son coutelas aigu et un pistolet d'arçon qu'il avait acheté à Valparaiso, dans une de ses courses aventureuses. Revêtu de son *puncho*, — sorte de manteau en forme de chasuble, — le chef couvert de son *sombrero* à cône pointu, il cheminait sans songer à autre chose qu'au gain qu'il avait fait et à celui qu'il allait se préparer, quand l'horizon se rembrunit. Les nuages s'amoncelèrent au-dessus de sa tête, et il crut prudent de chercher un refuge contre la tourmente qui ne devait par tarder à faire rage.

Les *tornados*, au Chili et dans toutes les Cordillières, sont des ouragans terribles qui effondrent les routes déja fort mal entretenues, gonflent les *rios* qui débordent dans les campagnes ou qui, encaissés entre deux rochers, emportent tout ce qui se trouve sur leur passage.

Domingo Senas savait parfaitement le danger qu'il y avait à être exposé à ces tourmentes équinoxiales. Il connaissait le pays et se dirigea au plus vite vers une sorte de *canon* à la cime duquel s'ouvrait la gueule d'une caverne dans laquelle on parvenait avec difficulté, mais qui était assez profonde pour mettre à l'abri celui qui y pénétrait.

A peine Domingos Senas s'y fut-il glissé que le tonnerre se mit à gronder et des torrents de pluie tombèrent de toutes parts. Le boucher chilien alla se blottir vers le fond de la grotte et rencontra sous ses pieds un amas de brindilles de bois dont il ne connaissait pas l'existence.

En se couchant sur la pierre, il entendit une sorte de cliquetis : et quel ne fut pas son étonnement en touchant deux oiseaux vivants qui cherchaient à le mordre !

A l'aide de son briquet, Domingo Senas éclaira la grotte, et il aperçut deux jeunes vautours, de l'énorme espèce *urubu*, qui cherchaient à se défendre contre l'invasion d'un ennemi aussi dangereux pour eux que peut l'être un homme.

Domingo Senas n'en fit ni une ni deux. Il tordit le cou à ces deux oiseaux et les jeta hors du trou, au fond du *canon*.

Puis, ramenant en un seul tas, sur le bord de la grotte, tous les débris du nid des urubus, il alluma un grand feu pour dissiper l'humidité de la grotte et en même temps — comme c'est la croyance dans l'Amérique du Sud — pour éloigner les éclats de tonnerre, car les Chiliens sont persuadés que la flamme n'attire point l'électricité.

La fumée sortait en grande colonne hors de la grotte, le long de la paroi de la montagne, lorsque tout à coup deux énormes oiseaux vinrent passer et repasser devant

l'orifice, cherchant à pénétrer dans l'intérieur du rocher, mais ne pouvant y parvenir
eu égard à la flamme qui eût brûlé leurs
ailes.

Domingo Senas comprit que c'étaient les
urubus qui venaient défendre leurs petits,
mais ils n'étaient pas à craindre pour lui.
Couché à plat ventre dans le fond de la
grotte, il savait être parfaitement défendu et
protégé.

Tout à coup, au milieu de l'orage qui
s'était déchaîné dans tout le *canon*, il entendit
des cris perçants, poussés par les oiseaux de
proie. Les deux *urubus* avaient retrouvé
leurs nourrissons au fond de la vallée où
ils avaient roulé après avoir été tués par
Domingo Senas.

La tourmente ne fut pas de très-longue
durée : une heure après avoir éclaté, le
soleil se montrait brillant et radieux au
milieu d'un ciel azuré.

Le boucher chilien se dit qu'il était temps
de se remettre en route. On eût pu le voir,
quelques moments après cette décision sortir de la grotte, suivre la corniche étroite et
dangereuse qui ramenait sur l'arête de la
montagne, et redescendre de l'autre côté

de ce pic élevé, pour suivre la route qui aboutissait à l'*hacienda* où il comptait arriver avant la nuit.

Il descendit avec précaution la déclivité de la montagne, et rien ne vit entraver sa marche jusqu'au moment où il parvint sur les bords d'un torrent qui, gonflé par les eaux pluviales, lui barrait complètement le passage.

—Comment le franchir? se disait à part lui Domingo Senas.

Il se souvint alors d'un bac aérien qui se trouvait à un quart de lieue plus bas, et à l'aide duquel il pourrait être transporté de l'autre côté du cours d'eau.

Au détour d'un sentier tracé dans la forêt vierge, le boucher aperçut bientôt la corde tendue sur la cime d'une roche où elle était solidement amarrée et enroulée autour d'un *Aurocaria* géant, tandis que de l'autre côté du torrent celui qui avait fabriqué ce passage aérien l'avait entortillée et nouée au tronc d'un cèdre à l'épreuve de tous les poids qu'on aurait pu lui infliger.

Domingo Senas comprit facilement que rien ne l'empêchait de risquer le passage. Il grimpa donc sur le rocher, se glissa dans la poche suspendue à la corde et roulant autour d'une poulie en bois. Bientôt il se vit suspendu au-dessus de l'abîme, cheminant vers l'autre rive du ruisseau débordé.

Très-attentif à la direction de cette embarcation aérienne, Domingo Senas ne s'était pas aperçu que deux urubus planaient au-dessus de sa tête. Ces oiseaux étaient le père et la mère des nourrissons tués par lui dans la caverne. Avec l'instinct et le flair particuliers à ces énormes gallinacés, ils avaient compris que l'assassin de leur jeunes était à leur merci, les deux mains occupées à se tenir en équilibre dans la peau de bœuf suspendue à la corde qui lui servait de nacelle.

On eût pu les voir tomber tout à coup du plus haut de l'espace, sur le voyageur et l'attaquer à coups de bec, cherchant particulièrement à lui crever les yeux.

Le moment était critique. Domingo Senas devina le danger et se coucha au fond de la nacelle, se cramponnant d'une main à l'une des quatre cordes et tirant de l'autre le pistolet d'arçon et le coutelas qu'il portait à sa ceinture.

Un des urubus s'étant jeté sur lui, il parvint à lui fracasser l'aile avec la balle de son arme à feu, juste à la jointure. L'oiseau, désemparé, mutilé, tomba comme une pierre au fond de la vallée, dans les eaux du torrent qui l'emporta au loin.

Le second *urubu* se tint alors sur ses gardes, mais, aveuglé par la rage il eut, comme son *partner*, la folie de se jeter à son tour sur le voyageur et reçut un coup de sabre en plein corps. L'oiseau blessé s'accrocha du bec et des pattes aux rebords de la nacelle, et Domingo Senas put l'achever et s'emparer du cadavre du volatile qu'il jeta au fond de la peau de bœuf.

Dès qu'il fut remis de ses émotions le boucher chilien songea à rejoindre la rive et il parvint au pied du cèdre sans encombre, bénissant la Providence qui l'avait tiré d'affaire et lui permettait de continuer sa route,

Il chargea l'oiseau sur ses épaules, — sans s'inquiéter de la puanteur qui se dégageait de ses plumes empestées, — pour montrer aux fermiers chiliens, chez qui il se rendait, un des trophées de sa victoire.

Tout d'abord, ses hôtes se refusèrent à croire à la façon romanesque dont, au dire de Domingo, le drame aérien s'était passé; mais à quelques jours de là le récit du bou-

cher ennemi fut confirmé par un voyageur
touriste qui, du haut d'une montagne où il
se trouvait, avait été témoin de ce combat
entre ciel et terre et avait applaudi de loin
à la victoire de Domingo Senna.

—————

Un Vaisseau-Fantôme.

L'équinoxe est une des époques les plus
funestes de l'année pour les navires qui se
trouvent en mer. Au mois de septembre
dernier, le vent rugissait avec fureur et ses
rafales soulevaient des vagues énormes,
qui venaient déferler avec un bruit épouvantable contre la falaise à l'extrémité de
laquelle s'élevait le phare de *Pine-Light*,
situé sur la pointe sud de Terre-Neuve.
Depuis une semaine, on n'avait pas aperçu
un seul navire à travers la brume épaisse
de l'Atlantique. Le marin le plus audacieux
n'eût jamais osé défier cette lutte des éléments. Les pilotes restaient dans leurs
cabanes, les yeux fixés sur l'immensité :
tout mouvement avait cessé sur la rive

abandonnée. La tempête sévissait avec tant de violence que les relations entre voisins étaient même interrompues. La taverne aux armes de la Grande-Bretagne restait déserte, et le *landlord* en était réduit à fumer son propre tabac et à boire son gin tout seul. Si quelque être humain se montrait de temps à autre sur la plage, c'était le père ou la mère d'un marin absent, ou bien un vieux pilote plus hardi que les autres qui cherchait à lire, dans les nuages dispersés à l'horizon, si le *tornado* équinoxial se prolongerait encore longtemps.

Tous se dirigeaient vers le Pine-Light, et là, abrités par les murs de cette construction massive, ils restaient de longues heures, assis en silence, étudiant les pronostics du ciel et cherchant à découvrir une voile qui se faisait trop attendre. Une pluie salée rebondissait contre les parois de l'édifice. Les algues, les coquillages de la mer, soulevés en spirales, voltigeaient dans l'air et retombaient lourdement sur la rive.

Le gardien du phare, quoique plus exposé aux rages de l'ouragan, n'était pas moins le seul qui gardât une impassibilité inébranlable.

Jack Harris, né à Pine-Light, avait été de très-bonne heure abandonné à ses propres forces par ses parents, trop pauvres pour songer à l'élever. Doué d'une grande persévérance, d'une résolution intrépide et d'une obéissance passive, — qualités principales d'un vieux marin, — Harris avait fait son chemin, et, à cette heure qu'il avait atteint sa cinquante-neuvième année, il jouissait — grâce à une petite somme d'argent amassée durant ses campagnes — d'une honnête indépendance, à laquelle contribuaient les émoluments de sa place de gardien du phare.

Taciturne de son naturel, il n'exprimait généralement ses pensées que par un regard, un signe de tête, un geste de la main. Si le ciel était pur, il observait le plus parfait mutisme : on eût dit qu'il n'avait ni le temps ni la volonté de s'occuper des autres. Toute son attention se portait sur la mer. Mais si l'orage grondait, Jack Harris devenait tout autre : son visage s'épanouissait, sa langue reprenait ses fonctions habituelles et son esprit devenait dispos comme celui d'un jeune homme. Rien ne lui plaisait plus alors que la compagnie des pilotes qui venaient lui demander des conseils.

Pendant l'orage terrible dont je viens de parler, Harris, abandonnant sa rêverie habituelle, s'était livré à une loquacité et à une gaieté inaccoutumées. Jamais peut-être il ne s'était montré plus dispos. Dans la soirée du quatrième jour, il se trouvait assis au coin de sa cheminée, fumant sa pipe et chantonnant entre ses dents, lorsque plusieurs coups furent frappés à sa porte. Il se leva avec empressement, alla ouvrir et se trouva en présence de huit marins du hameau de Pine-Light qui venaient faire la veillée avec lui. Tout en serrant cordialement les mains de ses amis, Harris leur disait :

— *Halhouh!* mes garçons ! voilà un temps du diable qui ne fait pas vos affaires. Je prévois que demain il sera encore plus mauvais et pire après-demain. Ça va mal, *my boys!* ça va mal ! Le réflecteur du phare est noirci par la fumée que le vent repousse dans l'intérieur de l'appareil ; j'ai toute la peine du monde à le maintenir brillant. Je suis d'avis que la tempête sera terrible demain.

Chaque ami du gardien du phare prit place autour d'une table sur laquelle Harris plaça des verres, de l'eau chaude, quelques citrons et un flacon rempli de whisky. Lorsque les grogs furent préparés et toutes les pipes chargées et allumées, un des pilotes dit à Harris :

— Voyons, maître, expliquez-nous comment il se fait que vous soyez si gai pendant le mauvais temps et si taciturne aussitôt que le soleil reparaît et que la mer devient meilleure. Cela nous semble à tous fort extraordinaire et très-incompréhensible.

— Mordieu! mes camarades, vous avez tort d'être étonnés; car l'orage, qui effraye les poules, les femmes et les enfants, ranime au contraire le véritable matelot. Un marin qui a peur pendant la tempête, emploie toute la force qui lui reste à se cramponner aux bordages de son navire, et ce navire-là ne tardera pas à faire naufrage. La mer a ses secrets terribles, ses terreurs mystérieuses. A ce propos, mes amis, je veux vous raconter une histoire qui date de cinq ans et qui s'est passée près de la côte qui fait face au Canada.

— Parlez! parlez! s'écrièrent tous les matelots en se rapprochant du *rocking chair*, sur lequel se balançait le vieillard.

Les verres furent remplis de nouveau, et Harris commença en ces termes :

— Il y a cinq ans de cela, je revenais de Calcutta à Québec, à bord d'un navire anglais de Liverpool. C'était précisément à l'époque de l'année où nous nous trouvons. Notre voyage ne fut signalé par aucun événement remarquable, jusqu'au moment où nous eûmes doublé le cap de Sable qui termine la presqu'île de la Nouvelle-Écosse. Mais alors les pronostics d'une affreuse tempête se manifestèrent tout-à-coup. L'horizon se rétrécissait de minute en minute et ressemblait, à s'y méprendre, à un voile funèbre dont les replis s'agitaient par la force du vent. Sur nos têtes, les nuages couraient avec la rapidité de la vapeur et ils étaient sillonnés par les éclats du tonnerre. Autour de nous, les mouettes, les goëlands, les alcyons et les *mother carey chickens* rasaient d'un vol effaré et plein d'anxiété, les flancs et les gréements du navire, prêts à y chercher un refuge. Des bandes de bonites et de marsouins montraient leurs écailles brillantes à la surface de l'eau, sur les flancs et sur les sommets des vagues ; ce qui, vous le savez, *my boys*, est toujours le signe le plus infaillible d'un gros temps.

« Le vent soufflait sud-ouest, et c'était avec la plus grande difficulté que nous pouvions nous maintenir dans notre route. Bientôt le vent sauta au nord, et le thermomètre tomba à 2 degrés au-dessous de zéro. Le soir, il gela très-fort et le brouillard se métamorphosa en blanches cristallisations dans les cordages du navire. Deux jours après, nous atteignîmes les atterrages du cap Breton, et alors, louvoyant dans le canal situé entre deux îles, nous parvînmes dans le golfe de Lorma. Là un calme plat remplaça la tempête.

» Nous pouvions, sans lunette, distinguer les dentelures des rochers noirs et polis de la côte de Terre-Neuve et la cîme des hautes montagnes couvertes de neige. Enfin une brise favorable se leva et vint enfin enfler nos voiles. Nous fîmes route et tout allait pour le mieux lorsque, vers minuit, la vigie qui faisait le quart poussa un cri auquel matelots et mousses répondirent à la fois. Tous, se jetant à bas de leurs cadres, se précipitèrent sur le pont pour s'informer de la cause de cette alerte.

» Nos yeux cherchaient à percer les ténèbres pour découvrir quelque chose à l'horizon, lorsque... Ô mes amis ! à ce souvenir,
mon sang se fige encore dans mes veines...
nous restâmes encore pétrifiés par le spectacle qui s'offrit à nos yeux.

» A quatre cents brasses de nous se dessi-
nait la coque d'un navire aux proportions
colossales, qui nous paraissait immobile et
comme rivé au milieu des eaux. Il n'y avait
pas un chiffon de toile au vent : nul mouvement, nul bruit ne révélait à bord de ce vaisseau la présence d'un équipage. Les mâts,
les vergues, les agrès, tout était recouvert
de neige et offrait aux yeux la blancheur de
l'albâtre.

» Notre terreur fut au comble, lorsque
nous vîmes cette masse gigantesque s'approcher. Elle n'était plus qu'à une encâblure de notre bâtiment.

» — Pare à vire ! pare ! s'écria le capitaine
de notre navire, la voix étranglée et les cheveux hérissés sur sa tête. C'est le vaisseau-
fantôme.

» — Vous faites erreur, capitaine, lui ré
pliqua le second dont les lèvres étaient aussi
blêmes que celles d'un cadavre. Ce n'est pas

le vaisseau-fantôme, car il n'y a pas une âme
à bord et le pont n'est pas couvert, comme
celui du *Hollandais volant*, de squelettes
blanchis ; c'est plutôt le *vaisseau du diable*
qui marche tout seul, mû par un pouvoir
surnaturel.

» Notre capitaine prit son porte-voix et
héla le navire inconnu. Aucun mouvement,
aucun signe de vie ne répondit à cet appel.
Seulement le vaisseau continuait à s'avancer sur nous. En moins de quelques minutes, il ne fut plus qu'à une encâblure de notre navire. Il semblait vouloir s'attacher à
nous comme le fer à l'aimant. Une catastrophe inévitable et une mort terrible mena-
çaient notre vie à tous. Chacun des matelots
prit en main un espar et, au moment où le
vaisseau arrivait à bâbord, nous parvînmes
à amortir le choc. Soudain, par un bonheur
inespéré, un coup de vent rejeta notre navire à tribord et c'est grâce à ce hasard seul
que nous échappâmes au péril.

» — Il y a du monde là-bas ! s'écria tout
à coup notre capitaine. Regardez sur le
pont, à côté de l'habitacle. »

» Et nos yeux suivaient le vaisseau mys-
térieux en cherchant à pénétrer le terrible

mystère. La coque demeurait toujours im-
.mobile. Point de timonier à la roue, pas de
vigie dans les haubans, pas de matelots aux
manœuvres; mais sur le gaillard d'arrière
nous apercevions distinctement deux formes
blanches, immobiles et comme appuyées sur
le bastingage. Elles étaient enroulées dans
des manteaux blancs que le vent faisait
flotter à son gré.

» Une seconde fois notre capitaine héla de
toute la force de ses poumons : cet appel fut
inutile. Le vaisseau s'évanouit dans l'obscurité, silencieusement comme il nous était
apparu.

» Pendant les heures qui suivirent cette
mystérieuse rencontre, nous nous deman-
dions à chaque instant si ce n'était point un
rêve, si nous n'avions pas été déçus par une
illusion de mirage. Les plus superstitieux
étaient persuadés que le diable était mêlé à
cette fantasmagorie et que nous étions me-
nacés de quelque catastrophe.

» Tout alla bien jusqu'au soir; mais pendant
la nuit le vent sauta au nord-est et nous filions
avec une rapidité de douze nœuds à l'heure,
toutes voiles dehors. Tout à coup quelque
chose d'informe se dessina devant nous, se

detachant en noir au milieu de l'obscurité
de la nuit. Le timonier gouverna directe-
ment sur l'objet ; tout l'équipage était rassemblé sur le pont, les yeux fixés sur ce
point de mire.

— » Largue les voiles ! — hurla le capitaine
qui se mit lui-même au gouvernail ; — pare
à vire.

» Et nous arrivâmes à cinq ou six encâ-
blures de l'horrible spectre qui paraissait
devant nous, non pas blanc, comme la nuit
précédente, mais absolument noir, de la flot-
taison à la cime des mâts.

» A la même place, sur le gaillard d'arrière,
les deux formes recouvertes de blanches draperies, pareilles à des pleureuses, se tenaient
immobiles, laissant flotter au gré de la ra-
fale les vêtements dont elles étaient couvertes.
Les vagues clapotaient contre les parois du
navire. Par un secret instinct de conservation, tous mes camarades et moi nous sau-
tâmes de nouveau sur les espars, dont plusieurs furent brisés quand le navire fantôme
frôla notre bord. Nous nous crûmes perdus
une seconde fois ; mais glissant à la surface des eaux, comme le ferait une ombre,

la coque mystérieuse se perdit aussitôt dans la brume.

» Le jour suivant, le vent passa subi'e-ment au sud-est et nous contraignit à virer de bord, nous poussant au large vers les îles Madeleines. Nous passâmes en vue de plusieurs embarcations de tout tonnage oc-cupées à la pêche de la morue. Aucune d'elles n'avait vu le vaisseau inconnu.

» Pendant les deux jours et les deux nuits qui suivirent, la tempête continuait et nous restâmes en panne. Mais la troisième nuit ne se passa pas aussi heureusement. Vers deux heures du matin, la vigie de quart signala le vaisseau. A une portée de canon vers l'avant, le spectre se dressait sur la ci-me des flots, et comme toujours on voyait sur le gaillard d'arrière les deux formes humaines aux blanches draperies. Cette fois seulement le navire-fantôme disparut tout d'un coup, sans nous menacer d'un choc qui eût été fatal.

» Nous restâmes encore vingt-quatre heures ballotés par la tempête devenue plus terrible : mais vers le soir nous aperçûmes devant nous, calme comme une mare d'eau douce, le port de *Pine-Light* qui semblait

nous convier à chercher un refuge dans son
enceinte. Le rocher qui forme la pointe nord
de l'autre côté de la tour du phare s'élevait
majestueusement à l'horizon et, devant nous
le phare envoyait comme aujourd'hui sa
gerbe de rayons, dont les mouvantes clartés
ricochaient au loin sur les vagues.

» Le capitaine se décida à venir attendre
à Pine-Light la fin de la tourmente. Tandis
que nous approchions de la côte, l'air fut
ébranlé par une épouvantable détonation.
Les coups se suivaient à des intervalles
égaux, avec une rapidité croissante. Et pourtant l'atmosphère était pure et limpide. Malgré cela, nous ne voyions rien, et il nous
était impossible de découvrir d'où venait
ce bruit qui ressemblait à celui d'un combat
naval.

» Tout à coup la vigie s'écria:

» Le vaisseau! Voyez là, devant nous! »

» En regardant dans la direction de son
bras tendu, nous le découvrîmes en effet,
pris entre deux rochers du côté du petit îlot
qui longe au nord la côte, dans la direction
du Labrador. Ses mâts étaient brisés, et la
carène, qui se cabrait comme un cheval
indompté, retombait lourdememt à chaque

vague, se désemparant de toutes parts. Les
formes humaines dont j'ai déjà parlé laissaient apercevoir leurs silhouettes blanches,
chaque fois que la lame éparpillait son eau
phosphorescente le long des parois de
l'épave.

» Sur la rive du continent, tout s'agitait
aussi. Le capitaine du port de Pine-Light,
suivi de la foule des habitants, se dirigeait
en toute hâte vers le lieu du naufrage. La
grève était illuminée par des torches sans
nombre, et bien avant que nous eussions atteint le vaisseau, une flottille d'embarcations
de toutes grandeurs couvrait la mer et s'é-
lançait au-dessus du ressac. Néanmoins
nous fûmes les premiers à aborder l'épave
défoncée, disputant aux flots les débris de
sa membrure. Nous nous hissâmes sur le
pont, huit matelots et le capitaine; celui-ci
arriva le premier avec moi, mais malgré
notre courage, je puis le dire, les plus braves se sentaient glacés d'effroi en contemplant
le spectacle étrange qui s'offrait à leurs yeux.
Il était fait, réellement, pour exciter la plus
profonde horreur.

» Contrairement à notre attente, l'équipage
du vaisseau se trouvait au grand complet.

Mais, le croiriez-vous? cet équipage ne se composait que de cadavres. A la base du grand mât, amarrés avec des cordes, deux hommes étaient couchés sur un tapis de Smyrne. Le plus âgé, enveloppé de précieuses fourrures, tenait enlacé un jeune homme dont la tête reposait sur son cœur. A côté d'eux, une jeune femme serrait sur sa poitrine glacée un enfant de cinq à six mois.

» La scène qui devait frapper nos yeux dans la cabine était bien autrement horrible. Tout autour de ce caveau mortuaire, sur les coussins du divan, il y avait des cadavres dont les traits crispés laissaient supposer qu'ils avaient perdu la vie dans des convulsions violentes.

» Bientôt le capitaine, revenant avec le livre du bord, nous lut un papier qu'il avait trouvé au milieu du registre maritime : il contenait un récit de la catastrophe qui avait changé ce navire en un vaste tombeau.

» Voici à peu près la teneur de cette épouvantable histoire.

» Le *San Christoval* appartenait à un armateur de Lisbonne. Le capitaine se nommait don Diego de Santas et faisait route pour Ceylan. Son fret consistait en vin de Porto, en caisses de cinabre et en plusieurs tonnes d'arsenic. Peu de temps avant de quitter Lisbonne, don Diego avait épousé dona Manuelita de Penaflor, jeune fille d'une grande beauté, qui avait voulu l'accompagner à la mer. Dona Manuelita avait été promise par ses parents à un homme d'un caractère violent et audacieux, aux manières rudes et grossières ; mais elle s'était toujours opposée avec une résistance respectueuse à la volonté de sa famille, déclarant qu'elle entrerait dans un couvent plutôt que d'épouser un cavalier pour lequel son cœur n'éprouvait que de la répulsion. Don Alvar — c'était le nom de cet homme abhorré, — instruit de la réponse de dona Manuelita, ayant aussi découvert que don Diego de Santas était son rival, résolut de se venger d'une manière terrible, si les amants se mariaient jamais. En attendant, il employa toutes sortes de menaces pour empêcher cette union. En dépit de cet obstacle, le mariage eut lieu. Mais comme les nouveaux mariés connaissaient don Alvar, ils résolurent de quitter Lisbonne pour mieux se dérober aux atteintes de leur ennemi. Don Alvar, instruit de ce projet, résolut de les accompagner. Il se

8

déguisa avec une habileté sans égale et
vint s'offrir au capitaine du *San Christoval*,
don Diego lui-même, en qualité de cambu-
sier : il fut accepté.

» Dès ce moment, ce misérable, demeurant
inconnu au jeune époux et à sa femme, tint
dans ses mains la vie de tous les deux à la
fois. Il remarqua avec soin quels mets ils
mangeaient de préférence et quels vins ils
buvaient, et, une fois ces renseignements
obtenus, il basa là-dessus ses plans de
vengeance. Il ouvrit une tonne d'arsenic et
mélangea aux vins et aux aliments une
quantité de ce poison plus que suffisante
pour donner la mort à tout l'équipage.

» Ceci se passait le cinquième jour après
le départ du *San Christoval*. Don Diego, à
l'occasion du jour anniversaire de sa nais-
sance, avait organisé une fête à laquelle il
avait convié tous les passagers de son navire.
L'équipage n'avait pas non plus été oublié.
Tous les matelots buvaient à la santé de
leur capitaine et de sa jeune épouse. C'était
la mort qu'ils buvaient. Dès que don Alvar
reconnut les ravages produits par son atroce
vengeance, lorsqu'il comprit que seul de tous
les passagers du navire, de tout l'équipage,

Il allait rester vivant au milieu de tant de cadavres, l'effroi et le remords entrèrent dans son âme, et cédant au vertige que donne à la raison le trouble de la conscience, il se précipita dans les flots, qui se refermèrent sur lui pour toujours.

» Don Diego conserva assez de force pour écrire les détails sommaires de cette catastrophe sur le papier trouvé dans le livre du bord. Cinq heures après ce fatal repas, le *San Christoval* n'était plus qu'un vaste cercueil abandonné à la merci des flots.

» Parmi les passagers, comme le faisait connaître la liste contenue dans le registre du capitaine, il y avait deux sœurs de la Merci qui se rendaient à Ceylan pour rejoindre la mission catholique de cette île. C'étaient les deux personnages aux vêtements blancs, dont les formes fantastiques nous avaient effrayés. Sans nul doute, les infortunées n'avaient pris qu'une faible quantité de vin empoisonné, et elles avaient probablement espéré, en montant sur le couronnement du navire, éprouver quelque soulagement au grand air. Etroitement serrées dans les bras l'une de l'autre, elles avaient, dans un embrassement suprême, attendu la mort à laquelle tous les passagers avaient succombé.

» D'après la date de cette note écrite par don Diego de Santas, l'horrible catastrophe avait dû s'accomplir la veille du jour où nous avions aperçu pour la première fois ce navire que nous prenions pour le *vaisseau-fantôme*, la terreur des matelots.

» Nous nous hâtâmes de quitter cette scène de désolation. D'ailleurs il nous était impossible de séjourner plus longtemps à bord du *San Christoval*. Les vagues se ruaient déjà contre les flancs désemparés du navire, qui ne devait pas tarder à céder à leur violence. Les deux sœurs de la Merci furent les seules dépouilles que nous eûmes le temps de transporter à bord de notre yole. Nous allâmes les ensevelir dans le petit cimetière du hameau, et c'est sous la pierre tumulaire que vous connaissez tous que reposent leurs dépouilles mortelles. Leur âme est au ciel, mes amis. Prions pour elles.

» Le lendemain du naufrage du *San Christoval*, il ne restait plus aucun vestige de cette épave. Les vagues avaient tout brisé, tout emporté.

» Allons, ajouta le vieux Harris en s'adres-

sant à son auditoire, il est tard, mes enfants.
Vous ferez bien de rentrer chez vous. Adieu
et bonne nuit! »

Le Pifferaro.

En l'an 1870, le ministre et la municipa-
lité romaine venaient d'ouvrir le carnaval
en se promenant processionnellement, suivant un ancien usage, à travers le Corso et
les rues adjacentes. Les balcons des palais,
les fenêtres des maisons tendues de draperies aux mille couleurs étaient occupés par
une foule élégamment parée, tandis que la
rue était sillonnée de toutes parts de calèches
découvertes aux attelages ornés de plumets,
de fleurs et de grelots retentissant. Des flots
de peuples envahissaient la chaussée et les
trottoirs : les voitures s'arrêtaient et la cir-
culation sur le Corso était devenue difficile.
Çà et là, au milieu des chevaux, se faufilait
la foule masquée ; le combat à coups de *confetti* venait de commencer. C'était une vraie
fusillade, très-inoffensive du reste, entre les
balcons, les voitures, les masques et les pro-

meneurs. Les *confetti* sont de petits bonbons
de plâtre ou de farine dont chaque prome-
neur est abondamment pourvu ; on les jette
par poignées, par corbeilles, et bientôt, sur
tout le Corso, s'élève un nuage blanc qui re-
couvre en tombant les habits et les costumes
des spectateurs et des acteurs. Tout ce que
touchent les *confetti* est enfariné, moucheté,
et Rome entière retentit des bruyants éclats
de rire d'un peuple de meuniers.

Tout à coup, du milieu d'un groupe, un
cri terrible s'éleva :

— Arrêtez-les ! arrêtez-les ! Ils m'ont volé
mon enfant !

Et en même temps une femme affolée de
douleur se dressa sur les coussins d'une voi-
ture arrêtée sur le Corso : elle avait rejeté le
masque qui cachait son visage et le domino
rose qui la recouvrait, et désignait à la foule
qui l'entourait une troupe masquée qui se
frayait un passage au milieu des chevaux et
des véhicules et qui disparut bientôt, à la
faveur du tumulte et du mouvement.

La nouvelle s'était répandue comme une
traînée de poudre sur le Corso ; les rires et
les chants cessèrent comme par enchante-
ment et l'on n'entendit plus rien que les cris

de la mère infortunée qui sanglotait et redemandait son enfant.

Ce désespoir touchait les indifférents mêmes, et tout Rome apprit bientôt que la comtesse de Casselmonte avait vu son fils unique ravi sous ses yeux par une bande de malfaiteurs.

La jeune comtesse appartenait à l'une des plus anciennes familles de la capitale de l'Italie. Mariée fort jeune au comte de Casselmonte, le type le plus accompli de l'aristocratie romaine, elle était restée veuve après quelques années de mariage et avait reporté sur son enfant toute l'affection qu'elle éprouvait pour celui qui n'était plus.

La police romaine était sur pied : elle avait visité, exploré un à un tous ces mille réduits, bouges et cloaques qui fourmillent dans la grande ville, mais les recherches avaient été infructueuses.

Pendant deux ans, la comtesse de Casselmonte, accompagnée d'un serviteur fidèle, parcourut successivement toutes les grandes villes de l'Europe, donnant partout le signalement de Pedro et offrant sa fortune entière à qui lui rendrait son fils bien-aimé. Toutes nos gazettes et celles des pays voisins prétèrent leur publicité à cette aventure extraordinaire et firent retentir l'Europe des cris de douleur de cette mère éplorée. Mais tout fut inutile, et la malheureuse comtesse revint à Rome la mort dans l'âme. Elle n'avait plus d'enfant.

Le chagrin minait cette belle âme qui s'abandonnait tout entière à sa douleur et qui demanda à la religion les consolations que le monde était impuissant à lui donner. Sa vie se passait à accomplir des actes de charité, et il n'était pas une misère à Rome qu'elle ne soulageât, pas un appel de malheureux qu'elle n'entendît. Aussi l'avait-on nommée *la Madre degl' infelici*. C'est ainsi que la comtesse de Casselmonte priait Dieu pour son fils.

Cette année, à l'ouverture du Salon, il y avait foule dans les salles du palais de l'Industrie où sont exposées, chaque année, les œuvres de nos meilleurs artistes. Parmi les tableaux qui s'y trouvent réunis, les curieux s'arrêtaient avec une prédilection marquée devant une toile due au pinceau de M. V... L..., un de nos artistes les plus aimés. C'est cette toile que reproduit notre gravure. Elle représente un pifferaro aux grands yeux noirs, à la physionomie ouverte, à la mine souriante et éveillée.

Les larges boucles de cheveux noirs qui s'échappent de tous côtés encadrent merveilleusement cette délicieuse figure. On ne se lasse pas de contempler cette tête expressive, et l'on ne sait ce qu'il faut le plus admirer, ou de la beauté du modèle ou de l'art que le peintre a déployé dans l'interprétation du sujet. Les éloges les plus mérités ont été prodigués à M. V... L... par les critiques les plus éminents de la presse de Paris.

Parmi les nouveaux arrivants, une femme toute vêtue de noir s'était approchée du groupe de curieux et leva tristement les yeux sur le tableau. Tout-à-coup elle pâlit, chancela et tomba évanouie sur le parquet en poussant un cri à peine contenu.

On s'empressa autour d'elle, on lui prodigua les soins d'usage, et, quand elle eut repris connaissance, la belle inconnue montra à tous ceux qui se trouvaient près d'elle, le jeune *pifferaro* de V... L... qui était, disait-elle, son fils chéri, son Pedro bien-aimé qu'on lui avait volé il y a huit ans sur le Corso, un jour de carnaval, et qu'elle croyait à jamais perdu.

Une heure après cette scène qui avait vivement ému tous ceux qui en avaient été témoins, la comtesse de Casselmonte se présentait chez le peintre auteur du tableau et, après lui avoir raconté son histoire en quelques mots, lui demandait en suppliant l'adresse de son jeune modèle.

Malheureusement, comme cela arrive à Paris, le petit pifferaro était un de ces modèles de rencontre qui s'était présenté un matin chez lui, avec d'autres Italiens. Le sujet lui avait plu, et il avait demandé au chef de la bande de le lui amener dans son atelier, ce à quoi celui-ci avait consenti avec quelque difficulté.

Tout ce que le peintre V... L... savait, c'est que l'enfant s'appelait Ludovico, mais il ignorait son adresse, et depuis un an on ne l'avait plus revu dans le quartier Bréda.

Avec les renseignements très-bornés que lui avait donnés l'artiste, la comtesse alla demander une audience à M. Gigot, notre préfet de police; elle lui fut aussitôt accordée. Ce magistrat mit à sa disposition un agent très habile, avec lequel elle entra aussitôt en campagne.

Notre policier s'en alla dans le quartier Mouffetard fouiller tous ces bouges hideux où grouille la population des *pifferari*. Dans la rue des Boulangers, il amena un certain matin la comtesse, qui y trouva entassés pêle-mêle une douzaine de *pifferari* qui préludaient par leurs concerts discordants aux accords abominables qu'ils exhibaient le soir dans les brasseries et les cafés de la capitale.

Tous, rangés en cercle, le violon renversé, suivaient de l'œil les mouvements du maître et s'étudiaient à reproduire les airs que celui-ci leur notait.

La comtesse n'eut pas besoin d'un long examen pour découvrir Pedro au milieu de ces petits virtuoses du pavé, tous sales et déguenillés.

Elle alla droit à lui, le prit dans ses bras et le tint longtemps embrassé, tandis que le policier procédait à l'arrestation du misérable logeur.

FIN

TABLE

—

FIN DE LA TABLE.

Limoges. — Imp. Eugène ARDANT et Cⁱᵉ.

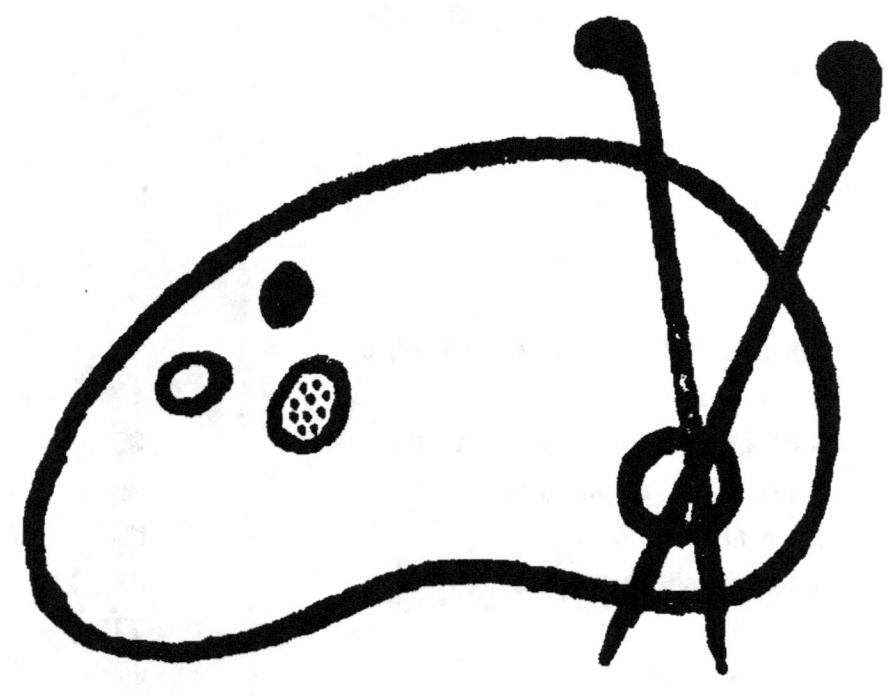

Original en couleur

NF Z 43-120-B

www.ingramcontent.com/pod-product-compliance
Lightning Source LLC
Chambersburg PA
CBHW071230260626
47162CB00004B/1506